O fantasma da mãe

Gustavo Bernardo

O FANTASMA DA MÃE

GLOBOLIVROS

Copyright © 2020 Editora Globo S.A. para a presente edição
Copyright © 2020 Gustavo Bernardo

Todos os direitos reservados. Nenhuma parte desta edição pode ser utilizada ou reproduzida — em qualquer meio ou forma, seja mecânico ou eletrônico, fotocópia, gravação etc. — nem apropriada ou estocada em sistema de banco de dados sem a expressa autorização da editora.

Texto fixado conforme as regras do Acordo Ortográfico da Língua Portuguesa (Decreto Legislativo nº 54, de 1995).

Editora responsável: Amanda Orlando
Assistente editorial: Isis Batista
Preparação: Denise Schittine
Revisão: Jaciara Lima e Daiane Cardoso
Diagramação: Abreu's System
Capa: Estúdio Insólito
Imagens de capa: Arquivo pessoal do autor e Getty Images

1ª edição, 2020

CIP-BRASIL. CATALOGAÇÃO NA PUBLICAÇÃO
SINDICATO NACIONAL DOS EDITORES DE LIVROS, RJ

B444f   Bernardo, Gustavo
          O fantasma da mãe / Gustavo Bernardo. – 1. ed. –
          Rio de Janeiro : Globo Livros, 2020.
          192 p. ; 21 cm.

          ISBN 9786580634378

          1. Romance brasileiro. I. Título.

19-61631   CDD: 869.3
                                             CDU: 82-31(81)

Vanessa Mafra Xavier Salgado – Bibliotecária – CRB-7/6644

Direitos exclusivos de edição em língua portuguesa para o Brasil adquiridos por Editora Globo S.A.
Rua Marquês de Pombal, 25 — 20230-240 — Rio de Janeiro — RJ
www.globolivros.com.br

Em memória de dona Zulmira

*E o navio fantasma atracou
na terceira margem do rio.*

Marina Colasanti

Capítulo 1

A HISTÓRIA QUE COMEÇO A CONTAR tem direito a sorriso iluminado, choro represado, espanto estupefato e reviravolta incomum. Trata-se do caso do fantasma da mãe. Parece uma história de terror, é verdade — mas terror do tipo doce, imagino. Talvez a gente até sinta algum medo, mas nem sempre sentir medo é ruim: sentir medo pode ser bom, se nos ajudar a enfrentar a indesejada das gentes.

A propósito, meu nome é Iracema — prazer em conhecê-la. Tudo bem com a senhora? Não precisa me dizer o seu nome agora, já compreendi que é uma pessoa discreta. Sabe, sou quase dez anos mais velha do que a senhora. Vejo que estranha o fato, talvez porque eu lhe pareça um pouco mais nova — mas ponha a minha aparência na conta da diferença da cor da nossa pele. Também sou psicanalista com larga experiência, como se diz por aí. Percebo que estranha ainda mais. Compreendo. Estou acostumada. A cor da minha pele, meio índia, meio muito negra, não combina com essa profissão, não é mesmo? E não, não a estou chamando de racista. Não se preocupe. Eu sei que a senhora não é racista.

Seja como for, esta não precisa ser uma questão nem para mim, nem para a senhora, assim como, suponho, a minha competência. Se a gente consegue alguma coisa, é porque mata pelo menos dois leões por dia. Nós já nascemos aprendendo a fazer isto. Na Escola Normal, e depois na faculdade, as minhas notas sempre foram muito boas, se não as melhores da turma. Eu sentia até certo receio de não ser boa profissional, e não por causa da minha cor, ou da cor dos meus cabelos, mas sim porque os melhores alunos não costumam se tornar os melhores profissionais nas suas áreas. Como se dizia antigamente, "quem é bom na escola acaba sendo bom apenas em ser bom na escola".

A senhora quer saber por que fiz Psicologia. Boa pergunta. Na verdade, não fiz Psicologia, mas sim Sociologia. Depois, aí sim, fiz Psicanálise, que é quase a mesma coisa que Psicologia, vá lá — mas, por isso mesmo, não é exatamente a mesma coisa. Antes de tudo isso, porém, me formei como professora primária, com especialização em higiene. E, claro, Psicanálise tem tudo a ver com higiene — no mínimo higiene mental, mas não apenas mental. A falta de higiene ou o contrário, a obsessão com a higiene corporal, não deixam de representar sintomas de problemas psíquicos.

Alguns ilustres psicanalistas não admitiam que eu não fosse formada em medicina. Eles talvez não gostassem também que eu fosse negra e, ao mesmo tempo, colega de profissão — mas isso, nenhum deles chegou a confessar. Então, por que fiz Psicanálise? Só para incomodar, perturbar, ou confrontar? Creio que não, embora nem nós, que cuidamos do inconsciente, tenhamos qualquer poder sobre o nosso próprio inconsciente. Seja como for, meu perfil é mais de moderadora do que de confrontadora.

Sabe, talvez eu tenha feito Psicanálise porque, lá atrás, eu quisesse ser escritora de romances — romancista, isso. Poeta ou poetisa, como preferir, não me atraía ou não me cabia, porque sempre achei a poesia tão bonita quanto difícil. Escrever contos, por sua vez, não me desafiava — como se eu precisasse que as minhas futuras histórias me tomassem muito tempo, tanto, que parecessem quase impossíveis de terminar. Sempre gostei de observar as pessoas, de vê-las iludindo os outros e, pior, de vê-las iludindo e enganando a si mesmas. Como escritora, eu me imaginava capaz de expor essas ilusões e esses enganos.

Entretanto, eu sabia, apenas a exposição das ilusões alheias me tornaria menos uma escritora do que, na verdade, uma fofoqueira metida a besta. Porque, antes de iludir para melhor desiludir, eu precisava desenvolver forte empatia pelas minhas personagens. Eu deveria fingir que gostava delas tão completamente, mas tão completamente, que acabaria me apaixonando por elas, incluindo tanto as coadjuvantes quanto as vilãs. Desse modo, as leitoras, sem que o percebessem, também se apaixonariam pelas minhas personagens, porque enfim gostariam, pouco que fosse, de si mesmas.

Se fui bem-sucedida como escritora? Nem bem, nem mal. "Nadica de nada", como diria a minha saudosa mamãe. Não tive nenhum sucesso, nem nenhum fracasso, aliás — porque não consegui terminar nada. Esbocei o projeto de apenas um romance, mas ele não passou do estágio de projeto. Depois de algumas páginas, revoltada comigo mesma, eu acabei por engolir a história toda, comendo folha por folha.

Mas não precisa me tomar ao pé da letra. Às vezes, eu exagero — defeito de quase escritora. Sabe, gosto de hipérboles. Na verdade, eu rasguei as folhas, mas não cheguei a comer nenhuma. O problema é que eu não conseguia definir nem o tipo de narrador: se em primeira, segunda ou terceira pessoa. Talvez me faltasse a tal da empatia com as minhas personagens, embora eu sempre tenha tido, não duvide, empatia com os meus pacientes. Já tinha escolhido até o título do romance, que me parecia mais do que perfeito: *Masculino de mim*. Mas a história mesma não saía desse título, como se estivesse presa dentro dele.

O título é meio bandeira, reconheço. Era para ser mesmo. A sutileza toda estaria reservada para as peripécias da personagem. O problema é que a minha menina, aquela menina que buscaria desesperadamente o masculino de si mesma, ela se recusava a nascer, que dirá a crescer. A personagem não chegava nem perto de descobrir o seu lado feminino, que dirá o masculino. Mas não fiquei frustrada — bem, só um pouquinho. As demandas da Psicanálise e da vida cotidiana me absorveram logo, além da obrigação de matar aqueles dois leões por dia, houvesse ou não houvesse leões no país. Creio que me tornei uma boa analista, o que é bem melhor do que ter me transformado em uma escritora medíocre.

Como? A senhora supõe que talvez eu não tenha feito Psicanálise só porque quisesse ser escritora, mas sim por uma outra razão, quiçá mais profunda? Hum. Quem sabe. Quem sabe, a senhora tenha tocado na minha ferida. No íntimo, acho que sei qual seria esta razão mais profunda, mas: apenas no íntimo. Na verdade, não consigo explicar, não me vêm as palavras, não me vem nem mesmo o pedaço de uma palavra. Está aqui, na ponta da língua e da mente, mas: não sai. Não consigo falar sobre isso, não tem jeito. Ou não quero. O que também não tem jeito, pelo menos por enquanto.

Considerando, então, que temos de deixar de lado a minha motivação para virar terapeuta, podemos passar o tempo que temos juntas para conversar sobre um caso muito interessante que me caiu nas mãos. Trata-se do caso do senhor Pedro Rocha. Mas não era o caso do fantasma da mãe? Sim, era e é, porque são o mesmo caso: a mãe que virou fantasma era a mãe do senhor Rocha. Chamo-o de senhor porque ele já tem uma certa idade, tanto que estaciona na vaga de idoso no shopping. Aliás, essa parece ser uma das poucas alegrias da sua vida: estacionar na vaga de idoso no shopping.

O senhor Rocha entrou nessa sala dizendo que não podia me dizer quem indicou o meu nome, porque a informação contaminaria todo o tratamento. Nossa relação terapêutica começava não apenas com um mistério, mas também com uma tentativa de controle por parte do ainda candidato a paciente. Eu não sabia se aquela tentativa canhestra me atraía mais para o caso, ou se ficava irritada porque aquele homenzinho queria dar as cartas na própria terapia. Acabei decidindo por me deixar levar, concluindo que não tinha importância, para o meu trabalho de análise, saber ou não saber quem teria indicado o meu nome para ele. Concluí, também, que devia "dar linha", como dizem os garotos que soltam pipa, para as tentativas de controle do senhor Pedro — elas me emprestariam alguns elementos para ajudar na análise e, quem sabe, no diagnóstico.

Enquanto pensava sobre isso, eu o observava de alto a baixo, ou talvez de baixo a baixo. Porque ele era um homem baixo, devo dizer, menor do que eu, que não sou nenhuma modelo de passarela: por isso o chamei de "aquele homenzinho". Embora ele, ainda por cima (ou, ainda por baixo), me parecesse um tanto quanto assustado, a voz, também baixa, junto ao tom contido, sugeria alguém que sabia se impor quando queria, ou ao menos quando precisasse. Os cabelos, grisalhos, mas sem entradas ou sinais de calvície. Os olhos verdes, mas nublados. Microantenas saíam discretamente dos seus ouvidos, indicando aparelhos auriculares para surdez. Tiques nervosos discretos, como o de arrastar uma unha na outra, típico de quem rói as unhas até depois de adulto. Sobre uma camisa polo, a cor verde-berrante, ele vestia uma velha jaqueta jeans, com uma pequena caveira costurada no bolso superior esquerdo, como nos casacos de couro dos motociclistas de certa idade.

Na hora, associei a caveira na jaqueta à minha própria caveira, isto é, ao crânio que decora a minha mesa. Não se assuste, é comum esse ornamento em mesas de médicos e psicólogos, para nos lembrar, e aos queridos pacientes, da nossa finitude insuperável. Uma outra razão para que eu goste da minha *personal* caveira é a lembrança que ela me traz do célebre discurso do príncipe Hamlet na tragédia homônima de Shakespeare, quando um coveiro lhe mostra o crânio desenterrado do bobo da corte, ou seja, do homem que o carregava nas costas quando ele era criança. Nesse discurso, Hamlet lembra dos lábios do bobo, que ele beijou mil vezes, bem como das suas piadas, cambalhotas, cantigas e gargalhadas. São outros tempos, minha senhora, outros séculos. Naqueles tempos, as crianças, nos castelos da nobreza, beijavam na boca os pais, os tios, os empregados e as empregadas. Mas há mais uma razão para que eu goste desse meu crânio na minha mesa. A razão é que ele pertenceu a uma pessoa muito querida para mim, embora, no momento, não venha ao caso lhe dizer quem era essa pessoa. Um pouco mórbido, reconheço. No entanto, esse meu trabalho, o de jogar alguma luz sobre as sombras mais escuras das pessoas, não deixa de ser tão mórbido quanto, como se cavássemos e escarafunchássemos cadáveres e fantasmas.

Esperei por toda a sessão que o senhor Rocha ligasse a minha caveira à sua própria caveira na jaqueta, mas ele, se a notou, não me deixou perceber. Pensei que, talvez, aquela caveira na jaqueta, bem como o provável passeio de moto nos fins de semana, subindo a serra, em uma motocicleta daquelas grandes, servisse apenas para compensar o avanço da idade e o retrocesso da libido. Entretanto, o meu novo paciente se sentava na poltrona não com a postura de quem montava na sua hipotética motocicleta, mas sim de maneira displicente e desleixada, escorregando devagar até quase cair no chão — aprumando-se de repente, porém, quando enfatizava algum ponto, ou quando fazia alguma pergunta que considerasse importante.

Até hoje não sei se esse caso foi um presente do acaso, porque ele de fato se mostrou fascinante, ou se alguém ou algo me amaldiçoou, porque tudo se revelou aterrorizante. No começo, contudo, a situação toda parecia mais engraçada do que assustadora, até porque o senhor Pedro se declarou atormentado dia sim, outro também, pelo fantasma da sua mãe. Convenhamos: a imagem do fantasma da mãe do meu idoso paciente se situava em algum lugar entre o ridículo e o cômico. Todavia, não me surpreendi: ele não foi o primeiro nem seria o último a usar a metáfora do fantasma para se referir à mãe, ou melhor, à imagem inconsciente da mãe, embora eu prefira a teoria que considera que o pai é que se torna fantasma primeiro — se o pai, por definição, já nasce morto.

Como assim, o pai já nasce morto? Explico. Fulano, digamos, só se torna pai quando nasce o seu primeiro filho, correto? Antes disso, ele não passava de um projeto de pai. No momento em que nasce o seu filho, esse homem deixa de ser chamado pelo seu nome de Fulano e passa a ser mais conhecido pelo nome de "o pai do Fulano Júnior", como se ele já tivesse cumprido a principal função para a qual foi posto aqui na Terra: a de fazer a sua parte na árdua tarefa da perpetuação da espécie. Ora, essa parte é uma parte bem limitada, não concorda comigo? A mãe, ao contrário, ainda terá muito trabalho pela frente: amamentar, proteger, confortar e educar, como puder e como souber.

Na narrativa do senhor Pedro, como veremos, o pai dele de fato morre primeiro do que a sua mãe. Entretanto, antes mesmo do falecimento do seu pai, a relação do meu paciente com a sua mãe já era muito complicada. Por isso, logo me veio à mente que ele poderia ser um caso clássico de complexo de Édipo.

Quem foi Édipo? Vejamos. Por acaso a senhora se lembra de uma novela de décadas atrás, em que um filho se apaixonava pela mãe, sem saber que ela era a sua mãe? É essa mesmo. A emissora teve o maior problema com a censura: como passar o beijo do casal na televisão? A história toda ainda ficou mais apimentada, porque os atores também se apaixonaram um pelo outro, apesar da diferença de idade entre eles. Os seus personagens tinham os nomes de Édipo e Jocasta, inspirados numa antiga tragédia grega.

Na tragédia de Édipo Rei, escrita milhares de anos atrás, o herói foi condenado, desde o nascimento, a matar o próprio pai e se casar com a mãe. A profecia se cumpriu, mas sem que Édipo soubesse que o homem que matou, ao atravessar uma ponte, era o seu pai biológico, nem que a senhora com quem se casou, e com quem teve nada menos do que quatro filhos, era a senhora sua mãe.

O inventor da psicanálise, Sigmund Freud, a quem chamamos de mestre, se baseou nessa história para criar o conceito do complexo de Édipo. Segundo Freud, quem ensina a amar é sempre a mãe — primeiro, ao carregar a criança no seu ventre por nove meses, e depois, ao amamentá-la com o seu seio pelo mesmo tempo, ou até mais. O pai, num certo sentido, ensina a desamar (e a desmamar), coitado, quando alerta a criança, mesmo sem saber que o está fazendo, de que "essa mulher é minha, portanto, vá para o seu quarto". A criança perde a mãe, mas ganha todos os homens ou as mulheres que vier a encontrar em situação de igualdade, o que configura troca necessária, mas penosa.

Essa é a versão simplificada do famoso complexo de Édipo: aprendemos a amar com os nossos pais, mas não seremos seus amantes. Pelas semelhanças e repetições que se mostravam para mim na primeira consulta com o senhor Rocha, imaginei que ele pudesse ser uma espécie de Édipo moderno. Parecia-me uma solução fácil.

Todavia, eu estava enganada. Só não estava de todo enganada porque, na verdade, ninguém foge ao seu complexo de Édipo, seja homem ou seja mulher. Os meninos até acham que conseguirão dar conta dessa fuga impossível, mas as meninas temos consciência íntima dessa impossibilidade, o que nos empresta boa parte da nossa força psicológica superior em relação aos meninos.

Sim, eu poderia explicar melhor, mas não conseguiria ser sucinta o suficiente. O problema do complexo de Édipo é, por definição, muito complexo! Como já sei que o problema do meu paciente não passava apenas por aí, creio que é melhor não perdermos muito tempo com o assunto. Se necessário, voltamos mais tarde a ele. Guarde apenas que o senhor Pedro estava mergulhado até a raiz dos cabelos no velho complexo de Édipo.

Ah, a senhora quer saber por que as mulheres teriam uma força superior à dos homens, se em casa aprendeu o contrário. Vamos lá, então: a força feminina não significa força física, está claro, embora haja certas mulheres mais fortes do que certos homens. Não seria bem o nosso caso — eu e a senhora somos mais fracas do que quase todos os homens, quiçá do que quase todas as mulheres do planeta. Quando digo que as mulheres somos mais fortes do que os homens, me refiro é à força psicológica, à força interna, à capacidade de resistência, inclusive de resistência à dor, como sabe qualquer mulher que já pariu um filho. Não é verdade? Pois boa parte da explicação da nossa força encontra-se na capacidade única de gerarmos uma criança, às vezes mais de uma de cada vez.

Mas o que nos interessa é que o problema central do caso do fantasma da mãe não vinha da tragédia grega, mas sim de uma tragédia ainda mais sombria. Falaremos sobre essa tragédia específica a tempo e a hora, porque, é bom que a senhora saiba, meus relatos primam por se estruturarem com começo, meio e fim, como aprendi com a querida dona Onay, minha professora na escola municipal. Nesse momento, observemos apenas que muita água rolou debaixo da ponte antes de esse fantasma aparecer e, depois, reaparecer na vida do senhor Pedro.

No começo, portanto. Primeiro, ele, o menino Pedrinho Rocha, nasceu: tchan! Depois, a mãe o atormentou desde bem pequeno, segundo sua memória, que eu ainda não sabia se era muito privilegiada ou muito doente.

Qual é o nome da mãe? Boa pergunta. Muito interessante que me faça essa pergunta. O nome da mãe do então Pedrinho era ao mesmo tempo simples, pouco comum e um tremendo clichê, graças a uma música antiga. Consegue adivinhar o nome da música e, portanto, o nome da mãe do senhor Pedro? Não?

Ai, meu Deus, que saudades da Amélia
Aquilo sim é que era mulher...
Às vezes passava fome ao meu lado
E achava bonito não ter o que comer

Lembrou da música! Muito bom. Foi composta lá atrás, nos anos 1940. Recorri muito a ela, para provocar as minhas pacientes mulheres. "Achava bonito não ter o que comer", haja amor, não é mesmo? Ou, talvez fosse melhor dizer: haja submissão. O nome da mãe do Pedrinho, quer dizer, do senhor Pedro Rocha, era Amélia, claro. Pois esse filho da dona Amélia me garantia se recordar dos primeiros meses de vida, quando derrubou o abajur da sala com um pontapé, quando estava no colo do pai, e quando abraçava o urso de pelúcia que servia, ao mesmo tempo, de travesseiro, de consolo e de afeto.

Ele chegou a me dizer, a senhora veja que absurdo, que esse mesmo ursinho de pelúcia ajudou-o na sua primeira masturbação, quando tinha seus sete anos de idade. Eu não me choco com pouca coisa, atendo tanta gente e com tanta neurose diferente, mas essa combinação de um urso de pelúcia fofinho com a constrangedora masturbação de um menino de sete anos de idade, ah, essa imagem me chocou um pouco.

No entanto, tais recordações talvez fossem apenas ficções pessoais, invenções da mente mais ou menos inconscientes, nas quais ele poderia ou não acreditar — ou ainda, que ele poderia passar a acreditar com o tempo, de tanto elaborá-las e repeti-las. Se tudo fosse ficção, no entanto, ele seria um excelente ficcionista, o que não me parecia bem o caso. De toda forma, esse urso de pelúcia deveria ter alguma importância. Vamos guardá-lo num canto da nossa estante mental para uso futuro.

Na perspectiva da mãe, segundo a narrativa do filho, o senhor Pedro nunca deixou de ser um menino destinado ao sucesso. No princípio, ela o imaginava como oficial da Marinha, por causa do uniforme branco. No entanto, à medida que Pedrinho crescia, ela percebia que ele não tinha a menor atração pela vida militar. Ora, como ele tirava boas notas nas aulas de redação na escola, ela vislumbrou o seu sucesso como escritor. O pai, por sua vez, no início pensava nele como diplomata, quiçá embaixador do Brasil na Alemanha, mas aceitaria de bom grado qualquer profissão honesta. Na verdade, a mãe passou a vê-lo como escritor porque ela mesma talvez sonhasse em ser escritora, embora tenha frequentado a escola apenas até o antigo segundo ano ginasial.

Apesar de não ler muito, devido à fraca escolaridade, dona Amélia sempre foi fascinada pela palavra escrita. Quando mãe e filho brigavam, e pelo visto brigavam bastante, ora ela ora ele continuavam a briga por escrito, argumentando um contra o outro com toda a força. Falaremos desses textos escritos depois, são documentos importantes e perturbadores. A história do meu paciente não é exatamente uma história grandiosa, mas não deixa de ser complexa.

Sim, o senhor Pedro até tentou escrever um livro, falarei dessa obra a tempo e a hora. Por ora, relato a nossa primeira sessão. Recomeço pelas primeiras palavras do meu paciente, de resto bem incomuns. Manifestando ansiedade controlada, o paciente fez questão de contar onde morava e onde trabalhava, antes de dizer por que me procurava. Esse jeito de se apresentar já configurava sintoma curioso.

De que ele era um escritor, falando como se escrevesse o primeiro capítulo de um romance? Pode ser, mas não é só isso. Veja, ele começou falando que morava sozinho.

Na verdade, morava sozinho há poucos anos, antes sempre morara com os pais. O senhor Rocha era um solteirão convicto — ou, talvez fosse melhor dizer, um solteirão sem convicção, apenas por falta de opção. O apartamento desse velho solteirão era enorme e tomava todo o último andar do prédio, o que o deixava nervoso desde quando o pai e a mãe eram vivos.

Quando se mudaram para lá, muitas décadas atrás, perguntou ao pai por que um apartamento tão grande e tão alto, justo no 13º andar. Escutou, como resposta orgulhosa do pai, que ele comprou um apartamento no 13º andar tanto para eles terem uma boa vista do estádio de futebol, "magnífico!", "o maior do mundo!", quanto para os netos terem muito espaço para brincarem de pique-esconde e de pique-tá.

Concordo, a última razão não era muito razoável, essas brincadeiras teriam muito mais a ver com o quintal de uma casa do que com os corredores de um apartamento. Fosse como fosse, o filho nunca teve filhos, na verdade sequer se casou. Logo, nunca houve netos para os pais do Pedro. As poucas namoradas duraram pouco, muito pouco. Ele sempre achava que elas estavam certas em abandoná-lo, como se cumprissem um protocolo conhecido — embora, eu pude perceber depois, ele é que as deixava, sem conversas ou cartas de despedida, como se o fizesse antes que elas o traíssem.

Por que o pai queria netos, ele entendia. Mas por que dona Amélia dizia querer netos, ele não sabia — se ela obviamente não gostava de crianças, apesar de dizer o tempo todo que gostava muito de crianças. O termo *obviamente*, importa destacar, fica por conta do senhor Rocha. Eu mesma não gosto de advérbios terminados em "mente", enquanto ele adorava, o que me obrigava a me controlar para corrigi-lo a toda hora. No caso específico, cheguei a lhe fazer a mesma pergunta que a senhora: por que seria tão óbvio assim que a mãe dele não gostava de crianças? Mas ele espantou a minha pergunta no ar, como se espantasse uma mosca impertinente.

Aparentando mudar de assunto, o senhor Pedro reconheceu que também não gostava tanto assim de crianças. Na verdade, ele sentia certo medo delas — em especial, das meninas. Quando as via nas ruas, nas escolas ou nas praças por onde passava, logo lhe vinha à mente a imagem de bonecas tão lindas, que pareciam vivas, tão sorridentes, que pareciam assustadoras. A imagem, claro, o assustava. Não queria nem imaginar o que bonecas vivas e sorridentes fariam com ele, enquanto sorrissem como se fossem mais felizes do que a felicidade.

Depois da menção curiosa às bonecas sorridentes, isto é, cheias de dentes apavorantes!, o senhor Pedro voltou à questão do apartamento. Herdado por ele com a morte da mãe, que aconteceu pouco mais de sete anos depois da morte do pai, o apartamento, grande demais desde quando foi comprado, era e continuava enorme demais para ele.

É, eu também desconfiei de o número sete aparecer de novo, mas na hora não comentei. A fixação com o número sete pode ser sintoma de alguma patologia. Se ele tivesse conseguido escrever um romance, sem dúvida a obra teria sete capítulos. Ao descrever o tamanho do apartamento, porém, ele pelo menos trouxe outros números.

No imóvel, haveria cinco quartos, mas pareciam mais, talvez quinze. O apartamento teria duas salas e duas saletas, mas pareciam mais — quatro, oito, doze! Haveria ainda dois quartos de empregada, mas também pareciam mais — embora ambos fossem, como de praxe, muito pequenos. O apartamento também tinha três banheiros, mas dois deles tão grandes que valeriam, no mínimo, por quatro.

No meio do imóvel, atravessando-o de ponta a ponta, um corredor tão largo quanto comprido, ligando todos os cômodos e dando passagem ao vento encanado, para reforçar a impressão que o velho senhor Rocha tinha, desde quando pré-adolescente: de que o corredor medisse pelo menos sete quilômetros de comprimento. No meio do corredor, destacava-se um pequeno oratório de santo Antônio, o santo de devoção da dona Amélia, trazendo no colo sempre uma criança de sexo indefinido, os cabelos lourinhos e cacheadinhos.

Bela imagem, não é mesmo? Bem, para a perspectiva da psicanálise, bem como para a perspectiva da moral e dos bons costumes, talvez ela não seja tão bela assim — mas, nesse momento, deixemos isso para lá. Voltemos, antes, ao número sete. Um tanto ou quanto exagerado o rapaz, não é mesmo? Um corredor com sete quilômetros de comprimento! Na verdade, exageradíssimo, concordo. O exagero das palavras, no entanto, conflitava com a voz, muito baixa, e a postura tímida, as mãos se retorcendo no colo. A voz baixa, aliás, não combinava com os aparelhos de surdez, porque surdos, em especial surdos idosos, falam alto. Aquele surdo, no entanto, falava muito baixo — como se quisesse sugerir que nós outras é que seríamos surdas.

Ele contou que ficava nervoso com os espelhos. Os dois elevadores do prédio nunca estavam no andar em que ele estava, e cada um dos elevadores ainda tinha dois espelhos enormes, formando um *L* espelhado. Várias vezes o filho da dona Amélia prometeu a si mesmo nunca mais tomar aqueles elevadores, mas só conseguia descer os treze andares pela escada, para subir não tinha o mínimo preparo físico — na verdade, não tinha nem mais idade para isso. Mesmo descer já era um sacrifício, equivalente ao prelúdio de um filme de terror: as escadas do prédio se mostravam armadilhas claustrofóbicas, com suas portas corta-fogo amassadas, a ausência de janelas ou respiradores, a metade das lâmpadas queimadas. Ele nunca encontrava qualquer outro morador do prédio descendo ou subindo pelas escadas, mas, mesmo assim, se assustava com as sombras a cada lance.

Sombras ou fantasmas? Pergunta interessante. Pois com sombra ou sem sombra, com fantasma ou sem fantasma, o sacrifício de descer os treze andares pelas escadas era diário, porque ele precisava trabalhar todos os dias, inclusive aos sábados, às vezes mesmo nos domingos e feriados. O escritório em que trabalhava ficava perto de casa, se ele fosse a pé, mas longe, se fosse de carro. Como funcionário subalterno, em geral não vestia nem terno nem gravata, mas apenas uma calça jeans bem escura e uma camisa social amassada, além dos desgastados mocassins de couro. Na mão esquerda, carregava uma surrada pastinha de couro, levando lá dentro, no máximo, um bloco de folhas pardas, lápis preto, caneta vermelha, apontador, borracha e, é claro, uma velha calculadora a pilha.

Não sei. Ou sei, mas, por enquanto, prefiro continuar contando a história dele no passado, ora perfeito, ora imperfeito. Talvez não seja o melhor jeito de contar, mas me parece o mais confortável. Como eu dizia, o seu trabalho era perto de casa, se ele fosse a pé, mas longe, se fosse de carro. Estranho, não? Usando o carro, ele levava o dobro do tempo, mas, como não gostava de andar, na maioria dos dias tirava o carro da garagem do prédio e enfrentava os diferentes engarrafamentos no trajeto. Na verdade, nos trajetos, porque a cada vez experimentava um caminho novo, o qual se mostrava também engarrafado e atravancado.

O carro, um Aero Wyllis, tão velho quanto ele mesmo, também não ajudava muito. Quando estacionado no shopping, na vaga dos idosos, pelo menos atraía olhares curiosos e divertidos. O volante do carro, grande e desajeitado, tinha a alavanca do câmbio muito *old fashion*, isto é, do lado direito do próprio volante, em cima, e não, como nos automóveis hoje em dia, embaixo, entre os bancos. O veículo tinha apenas quatro marchas, mas a quarta não funcionava mais há muito tempo. Com orgulho algo patético, o senhor Rocha me contou que o automóvel pertenceu ao pai dele, sucedendo ao Plymouth preto, um carro mais velho ainda, importado pelo avô. O Aero Wyllis, que um dia fora azul e, com o desgaste do tempo, se tornara cinza, não deixava de ser uma relíquia, é verdade, mas relíquia bem pouco prática. Ele deve ter herdado o veículo junto com o terno amarfanhado dos casamentos e dos batizados.

Naquele momento, conhecendo o carro, eu tive certeza de que ele nunca andara de motocicleta, pequena ou grande. Então, por que o detalhe da caveirinha na jaqueta?

Anotar, a caveirinha pode ser importante. Quando andava na sua relíquia de família, o senhor Pedro com frequência se perdia e ia parar em um bairro diferente.

Ele também se perdia nas poucas vezes em que escolhia andar a pé, embora trabalhasse no mesmo escritório desde que terminou a faculdade de Contabilidade, já lá se iam quase quatro décadas. Por sorte, ou por causa do tempo de serviço, o chefe da seção relevava os seus atrasos, embora ele nunca tivesse se encontrado com esse chefe. Ainda assim, o senhor Rocha compensava cada atraso na hora da saída — compensava tanto que trabalhava por muito mais tempo do que o atraso que tinha pela manhã.

Senti a mesma coisa. A cidade de que ele falava é a mesma cidade que a nossa, sim, mas se parece pouco com ela. Do jeito que ele contava, esta nossa cidade se mostrava estranha, surreal. O edifício do escritório, por exemplo, parecia tão infinito quanto o prédio do apartamento, tantas eram as salas bem como as baias dentro de cada sala, assim como as portas de uma sala para a outra ou de cada sala para cada banheiro. Cada banheiro, por sua vez, tinha sempre mais uma porta misteriosa que não se sabia para onde levava. Os empregados suspeitavam que a porta misteriosa dos banheiros abrisse para o lado de fora do prédio, isto é, para o vazio, caso algum deles precisasse se matar — ou, talvez, matar alguém.

De fato, o prédio do escritório, mais conhecido como O Edifício, se notabilizou por ser recordista em número de suicídios, emparelhado com a ponte que, por cima da baía, liga a nossa cidade à cidade vizinha. A diferença é que, em algumas poucas vezes, bem poucas, quem pula da ponte consegue sobreviver com mais ou menos sequelas, enquanto quem pulava do escritório assombrado do funcionário Pedro Rocha sempre atingia seu objetivo fatal — e ainda levava junto, para o além, quem quer que passasse pela calçada.

Para não estimular novos suicidas, os inquéritos a respeito eram sempre sigilosos. Por acordo tácito, os jornais nunca davam a notícia. Por isso, nunca se sabia se mais homens ou mais mulheres escolhiam essa maneira de morrer, assim como nunca se sabia se as pessoas conseguiam abrir as janelas de vidro fumê para pular, ou se optavam por aquelas portas misteriosas dos banheiros.

Eu conheço bem a ponte, mas não conhecia O Edifício. Mais tarde eu soube, por outras fontes, que as descrições tanto do local de trabalho quanto do apartamento eram bem mais fiéis do que eu suspeitava. Na verdade, sempre apostei que os dois lugares fossem mais imaginários do que qualquer outra coisa. Entretanto, o edifício do escritório também tinha treze andares, da mesma forma que o prédio do apartamento dele, o que obedecia à noção de ordem do senhor Pedro — mas não à verossimilhança do seu relato. A coincidência do número de andares, porém, não chegava a ser muito relevante, segundo ele próprio, porque, lembrou ele, a maioria dos prédios e dos edifícios da cidade conta com treze andares — nem mais, nem menos.

Absurdo? Eu também achava que era. No entanto, na nossa cidade, muito mais prédios do que eu pensava têm de fato treze andares. Mas, coincidência mesmo, era a sua baia e a sua mesa ficarem também no 13º andar do edifício da firma. A mesa de trabalho do meu paciente ficava encostada numa das grandes janelas de vidro, o que lhe permitia, nos momentos de descanso, observar os demais décimos terceiros andares dos outros prédios da rua, onde trabalhavam outros tantos milhares de empregados como ele. Para sua sorte, também, o senhor Pedro nunca viu ninguém pular de uma das janelas do seu prédio, o que o fez ter quase certeza de que a saída para o outro mundo se daria mesmo através da porta misteriosa de algum banheiro. Só que talvez não tenha sido apenas sorte, se seria mais difícil, do último andar, ver alguém se jogando.

Os momentos de descanso do funcionário eram poucos. A pilha de processos na sua mesa mais aumentava do que diminuía, como que se reproduzindo por cissiparidade. Aliás, este é outro mistério do trabalho que o senhor Pedro havia desistido de resolver há muito tempo: como os processos chegavam e se empilhavam na sua mesa, de tal modo que a pilha parecia nunca diminuir, mas apenas aumentar exponencialmente. Evitei comentar que, se isso fosse verdade, a pilha dos processos da sua mesa chegaria ao teto e depois acabaria desabando e se espalhando no chão.

Como pude conter meu comentário ácido, ele pôde falar que havia uma moça que andava com um carrinho de metal entre as baias, distribuindo os processos, mas que ele sempre a via de longe, ou seja, nunca a via quando ela botava mais processos na pilha da sua mesa. Era ela que trazia os processos ou outra pessoa? Ou será que os processos caíam do teto, talvez do nada? Ele nunca conseguiu saber.

Fosse como fosse, o senhor Pedro gostaria de ser gentil com a moça que, lá no fundo da sala, empurrava o carrinho dos processos. À distância, ela parecia bonita. Ele, com delicadeza, lhe perguntaria se ela estava cansada, e ela, com a mesma delicadeza, responderia — um pouco. Quem sabe poderiam tomar café juntos na velha máquina do corredor, ele perguntaria, tímido. Ela, mais tímida ainda, abaixaria a cabeça, mas aceitaria o convite, dirigindo-se para a máquina de café com ele.

Todavia, ele jamais notava quando os processos caíam na sua mesa, encadernados naquelas capas desmilinguidas de cartolina azul, todas meio rasgadas. Ele nem percebia quando a moça dos processos se aproximava: só a via de longe, muito longe. Não sabia ao certo a idade dela, apenas tinha a desconfortável certeza de que ele seria muito mais velho. Curioso, não? Ele pensar que era muito mais velho do que ela, e não que ela fosse muito mais nova do que ele. Depois de falar da moça do carrinho dos processos, ele ficou em silêncio por vários minutos, olhando para o nada.

Embora faltassem alguns poucos minutos para acabar a sessão, achei interessante encerrá-la naquele instante, deixando-o ir para casa com aquele nada na cabeça. Quando lhe disse que terminávamos por aquele dia, o senhor Pedro não falou nada. Apenas levantou e foi embora — me deixando com o meu próprio nada na cabeça.

Capítulo 2

A segunda sessão começou como se fosse uma continuação da anterior. Vestido com a mesma jaqueta jeans com a caveira no bolso, embora tivesse trocado a camisa polo por uma de cor branca, o senhor Pedro ainda não quis falar do fantasma da sua mãe — preferiu falar do pai, naquela sua maneira peculiar de se expressar. Ele disse, por exemplo, que já fazia alguns anos que o pai morrera há sete anos.

Entendi que já fazia alguns anos que ele dizia para todo mundo que o pai morreu há sete anos, como se não pudesse ter morrido há mais tempo do que isso. Fiquei sem saber ao certo há quanto tempo o pai tinha morrido, aguardando novas informações para fazer a conta correta. Adianto à senhora que nunca consegui saber, com precisão, em que dias, meses e anos morreram o pai e a mãe do Pedro. Para todos os efeitos da nossa história, porém, essas informações não são relevantes.

O pai do Pedro não podia ser um homem mais gentil do que era, segundo o ponto de vista do filho — por isso mesmo, talvez não fosse tão bom pai quanto o filho achava que era. De acordo com o filho, o pai se equilibrava o tempo todo em cima de uma canoa pequena no meio de um rio largo e turbulento, como se estivesse empurrando as margens e mantendo-as separadas — ou, então, como se estivesse protegendo o mundo do dilúvio universal.

Achei bonita a metáfora da canoa pequena no meio de um rio turbulento, e disse isso para ele. Que sorriu, triste, afirmando, sem muita ênfase, que não era uma metáfora. Ele, na verdade, detestava metáforas, preferia metonímias. Não entendi bem a diferença, porque a metonímia não deixa de ser uma espécie particular de metáfora, mas preferi não falar nada.

O pai que se equilibrava no meio daquele rio não podia ser um homem mais correto do que era. Entretanto, por isso mesmo, tal pai talvez fosse um tanto quanto fraco como homem para essa sociedade em que vivemos. Nas tardes dos jogos de futebol, o pai chorava sempre, de alegria, quando o seu time vencia. Todavia, ele nunca chorava se o time perdia, preocupando-se antes em encontrar desculpas para a derrota. Frente a quaisquer conflitos, inclusive futebolísticos, o pai do Pedro se deixava prender, com frequência, na armadilha dos sentimentos.

Para confirmar que o seu pai se deixava prender pelos sentimentos, o senhor Pedro me contou que, nos tempos da Ditadura, ele fora aposentado antes do tempo devido. O motivo da aposentadoria forçada nem foi tão subversivo assim: numa das ondas de corte de pessoal, ele se recusara a demitir vários colegas da firma estatal de engenharia em que trabalhava, porque não podia esquecer que esses colegas também eram pais de família.

O gesto do pai o tornara um herói para o filho, mas com o tempo gerou um trauma irreversível: o senhor Pedro Rocha fez todo o impossível para nunca ser promovido a cargo no qual fosse obrigado a escolher entre honrar o pai ou traí-lo. Na mesma situação, pensou o filho, talvez não tivesse coragem de seguir o exemplo do pai, o que o deixaria arrasado para sempre. Por isso, fugiu o quanto pôde, e sempre pôde, de qualquer cargo de comando, coordenação ou direção.

Cá com meus botões, achei que o senhor Rocha procurava uma saída honrosa para desvalorizar a si mesmo, antes que os outros o desvalorizassem. Como se, entrando no jogo da vida com medo de perder, ele perdesse de propósito, para melhor fugir da pressão e da tensão. As expectativas da sua família a respeito dele sempre foram muito altas, o que levou este filho único a abortar suas próprias expectativas, antes mesmo que elas se formassem direito.

A aposentadoria precoce do pai deve ter intensificado tais laços estreitos do medo com a esperança, formando uma doença mental e social que não afetava apenas a um indivíduo, mas sim a toda a família. O pai passou o resto da vida a processar o Estado, exigindo seus direitos com juros e correção monetária. Até morrer, só falava nesse processo, confiante de que deixaria para o filho, e depois para os netos, quiçá para os bisnetos, um bom modelo de cidadão e, ao mesmo tempo, uma boa herança.

Entretanto, o Estado insistiu até o fim em dar o mau exemplo, assim como o pai do senhor Pedro também não teve netos. Ele nunca viu nem as crianças, nem a cor do dinheiro e da reparação que lhe deviam, deixando a mãe e o filho a ver tão somente os navios no mar.

É, o meu paciente falava assim mesmo, "a ver tão somente os navios no mar". A relação do senhor Pedro com o pai, como estamos vendo, ao contrário da relação dele com a mãe, era de verdadeira idolatria. Para Pedro, o pai amava a mãe, mas a recíproca não era verdadeira. O filho admirava, mas não entendia, o amor do pai: quando mais velho, chegou a lhe perguntar por que ele não se separava da mãe. O pai respondia apenas com um sorriso triste.

O pai dele engolia sapos de todas as cores e de todos os tamanhos, mas não conseguia transformá-los nem em raiva, nem em tristeza, deixando-os a coaxar sem parar. Talvez por causa da aposentadoria forçada e daqueles sapos todos no estômago, sofreu cinco enfartes, bem como câncer em três órgãos diferentes do corpo. Ao final, só restou aos médicos a opção pelo transplante do coração, um coração cansado da guerra surda daquela vida. Devido à idade avançada, porém, essa não era uma opção — o plano de saúde não autorizaria. Os doutores então o puseram para dormir, ou melhor: o deixaram em coma induzido, o que lhe permitiu sonhar por um mês inteiro com o gosto do *Apfelstrudel*. Depois desse mês do mesmo sonho doce, os médicos, com a autorização da família, desligaram os aparelhos, e assim colocaram o pai para dormir de vez.

De fato, não sei se ele sonhou com o gosto da torta austríaca de maçã — porque não voltou do coma para contar com detalhes os seus sonhos. Quem sabe ou diz que sabe é o filho. De resto, a mãe ficou inconsolável até morrer, o que por sua vez teria levado outros sete anos. Como a senhora vê, o número sete era um outro tipo de fantasma para o senhor Pedro, assombrando-o como a nós outras.

Depois da morte do marido, a mãe nunca perdoou ninguém: nem o médico, que não podia ter falhado, nem o marido, que não podia abandoná-la assim, sem mais nem menos. Dona Amélia, meio católica, meio espírita, meio umbandista, como é comum nesse país, também não perdoou Deus. Por quê? Ora, porque Deus não podia e não devia deixá-la sozinha e desamparada depois de uma vida dedicada à fé, à igreja, e, por fim, a santo Antônio de Pádua. Todos eles, Deus, santo Antônio e o marido, não deviam deixá-la sozinha no mundo, com aquele filho que não gostava dela. Por isso, a mãe não suportou a morte do marido.

Todavia, como Pedro também não suportou que a sua mãe não tivesse suportado a morte do seu pai, ele de repente mudou de assunto e de idade, voltando à infância para contar que sempre quis ter irmãos. Entretanto, a mãe nunca mais engravidou, não sabia por quê. Quando ela se via chateada ou revoltada, o que acontecia com frequência, dizia e repetia: "E eu só queria uma menina". Ela não falava na frente do filho, mas sim depois de brigar e dar as costas para se afastar, como se não pretendesse que ele escutasse. A voz, porém, era alta o suficiente para ele ouvir, e ele sempre ouviu — até porque não foi sempre surdo, só depois da chamada meia-idade.

Com o tempo, a frase foi se tornando cada vez mais patética, mas ainda assim continuava lhe revirando o estômago. Várias vezes ela, a frase, voltava para o esôfago, queimando como o refluxo de um bebê com hérnia de hiato.

Isso acontecia, em especial, quando ele se encontrava com alguma garota, não na hora do primeiro encontro, mas logo depois. O jovem Pedro não ia mal no primeiro encontro, mostrando-se seguro e simpático. Se o encontro já o levasse para a cama com a menina, ele conseguia relaxar e se sair mais ou menos bem, segundo seus próprios critérios, não tenho como avaliar ou atestar — nem quero! —, a senhora não pense mal a meu respeito, por favor.

Também não temos como saber o ponto de vista delas. Eu não entrevistei as moças depois de tanto tempo — todas elas ou já são idosas como ele, ou morreram há muito tempo. O que nos interessa é que a relação dele com as moças se complicava nos encontros seguintes, quando o desempenho do rapaz despencava, digamos, literalmente. Atormentava-o sentir que, para a mãe, ele devia ter sido apenas uma menina, embora não sentisse nenhum desejo particular por outros homens. Suspeito que o problema não residia no desejo, mas sim na identidade mais íntima.

Com muita dificuldade, ga-gaguejando muito, o senhor Pedro me contou que muitas vezes se masturbava imaginando cenas violentas, nas quais ele se punha no papel de um torturador mudo, silencioso, que coroava a tortura ao violentar as vítimas humilhadas e indefesas. Parecia que as cenas de violência lhe emprestavam um poder que ele não tinha, que na verdade nunca teve, e esse suposto poder o excitava como o mais forte dos afrodisíacos.

A fantasia do torturador mudo, no entanto, acabava presa no banheiro do apartamento. As mulheres reais o intimidavam, talvez fosse melhor dizer, o aterrorizavam. A desagradável lembrança dessas frustrações recorrentes levou-o a se recordar, quase contra a vontade, de uma menina da escola por quem, na época, se sentiu apaixonado. Ela parecia vê-lo apenas como um bom amigo. "O que era horrível!", exclamou com muita raiva, a raiva que devia estar represada há muito tempo.

Certa tarde, a menina o visitou no apartamento, quando se sentaram no sofá da sala para conversar por horas.

Teria sido bom, ele me disse, não apenas se houvesse acontecido pelo menos um beijo, um beijo no rosto, talvez até mesmo um beijo na boca — mas se ele não sentisse a sombra da mãe no corredor, ouvindo tudo e odiando tudo.

Quando a moça foi embora, a mãe rodava à volta dele falando de mil outros assuntos para melhor entremear críticas à sua "coleguinha": que ela não era confiável, nem educada, nem gentil, nem carinhosa, nem nada. "Esqueça dela! Logo você terá coisa melhor", dizia e repetia. Ele não retrucava, como se as palavras da mãe entrassem por um ouvido e saíssem pelo outro.

Entretanto, as palavras da mãe entravam pelos dois ouvidos ao mesmo tempo e não saíam nunca mais. Ele gostaria muito de saber dessa menina, como ela estaria hoje, tantos anos passados, mas nunca mais soube: se casou, se teve filhos e netos, se já se separou e agora sustenta a prole, depois a prole da prole e até mesmo o ex-marido, tão generosa quanto frustrada.

O senhor Pedro se lembrava também, com raro sorriso no rosto, de uma situação bem diferente, esta com uma menina que ele encontrou na rua. Passava ele por um posto de gasolina Esso, não sei por que enfatizou que tinha de ser um posto de gasolina Esso, cantando "só Esso dá a seu carro o máximo", quando um grupo de garotas, todas com uniforme de escola pública, o abordou. As garotas queriam lhe fazer algumas perguntas, que estavam escritas num bloquinho rosa, para dar conta de uma pesquisa encomendada pelo professor de Geografia. Uma das meninas, uma negra magra e bonita, ficava pedindo o número do seu telefone como se tal número fizesse parte da pesquisa, provocando risinhos nas colegas. Entre excitado e constrangido, ele acabou dando para ela o telefone da sua casa, naquela época nem se sonhava com os aparelhos celulares.

Dias depois, a menina de fato ligou. Por sorte, a mãe não estava em casa, o que o deixou mais à vontade para, depois de uma conversa atrapalhada, marcar um encontro com ela. Ele tomou emprestado o carro do pai, o mesmo Aero Wyllis que depois continuou usando, e pegou a menina no mesmo posto Esso.

Perguntei se a menina não tinha nome ou era só "a menina", para ele responder que sim, ti-tinha nome, mas não lembrava qual. "E a outra garota da escola, aquela pela qual você foi apaixonado, lembra o nome dela?", perguntei. "Cla--claro que me lembro", ele disse. Mas não quis falar o nome dela — ou para protegê-la, ou porque tivesse inventado toda a história. Nesses dois casos, porém, não creio que ele houvesse inventado muita coisa. Os relatos que fez eram vívidos e coloridos, com muitos detalhes.

Quando o jovem Pedro pegou a menina sem nome no posto Esso, pouco depois da hora do almoço, ela vestia o mesmo uniforme da escola pública, mas com um velho casaco de banlon azul-marinho por cima. Perguntou aonde ela queria ir. Ela respondeu, coquete: "Onde você quiser me levar". Decidido a não perder a oportunidade, ele dirigiu para a orla, onde havia um motel barato, com decoração e nome japoneses. Quando entraram no quarto, a menina já ficou cheia de não-me-toques e não-sei-se-quero, e ele não sabia se por timidez, medo, frescura ou provocação.

Como de praxe, Pedro havia lido muita literatura pornográfica, tanto em quadrinhos, naquela época se chamavam "catecismos", quanto em livros de bolso vendidos no jornaleiro, todos embrulhados em plástico com tarja preta. Segundo esses manuais precários de "educação" sexual, era hora de ser firme, ou, mais do que firme, de ser agressivo!, tomando-a à força, se preciso fosse.

O jovem até decidiu seguir a orientação da pornografia do seu tempo, mas o corpo não obedeceu: ele ficou parado, sentado na cama, conversando, conversando, conversando e... e conversando ainda mais um pouco. Depois de um tempo, cansado e chateado, quer com a menina, quer consigo mesmo, levantou resolvido a ir embora.

Naquela hora, a menina mudou de comportamento e pulou em cima dele, beijando-o com frenesi próximo do desespero. Nervosa, ela o agarrava com tanta força que era difícil, não apenas tirar a roupa um do outro, como ainda manter a concentração e, por que não dizer, a ereção. Depois de muita luta desajeitada, ele conseguiu chegar aos finalmentes. Mas, mal a penetrou, ela gritou e enterrou as unhas nas suas costas, embora tivesse dito antes, entre risos nervosos, que não era virgem. Segurando seu próprio grito e o foco, Pedro conseguiu ir até o fim, mas em poucos minutos.

O FANTASMA DA MÃE 39

Suponho que, na verdade, em poucos segundos. Por muito tempo, ela ficou abraçada por cima dele, escondendo o rosto. Ao mesmo tempo, segurava o rosto dele, para que não visse a mancha vermelha no lençol. Voltando a seu normal, assustado, ele acariciava devagar os cabelos e as costas dela, também sem coragem de olhá-la nos olhos. Quando se levantou, a menina sem nome esfregou o próprio rosto com as mãos, como se secasse as lágrimas, enquanto agradecia, baixinho: "Obrigada".

Ele não sabia o que podia pensar ou o que devia sentir. O agradecimento lhe dava uma estranha sensação, misturando culpa e orgulho. Como ela se vestiu depressa, ele também tomou as suas roupas do chão frio e fez o mesmo. Tinham conversado tanto, e naquele momento não conseguiam trocar nem mais uma palavra. Só falaram alguma coisa já no carro, ideias vagas sobre o tempo. Deixou-a no posto Esso e prometeram telefonar um para o outro, mas sem definir quando o fariam.

O senhor Pedro voltou para casa com medo de encontrar dona Amélia. Mesmo que não falasse nada, a mãe leria no rosto dele, como em um livro aberto, vendo a experiência tão excitante quanto frustrante pela qual ele tinha passado. Por sorte, ela ainda não havia chegado, o que lhe deu alívio maior do que esperava. Tomou um banho bem quente e bem demorado, tentando não pensar na tarde no motel com a menina, o que só o fazia não parar de pensar na tarde no motel com a menina.

Continuava sem conseguir decidir se gostara ou não gostara dela, se sentira pena ou raiva, se queria ou não queria vê-la de novo, se ela era legal ou qualquer coisa, menos legal.

Confuso, deitou e dormiu rápido. Essa era uma das suas qualidades, ele dizia, na verdade uma das suas poucas qualidades: a capacidade de dormir quase sempre rápido e bem, em especial quando não estava bem.

Alguns dias depois, quem ligou para ele foi a menina. A mãe atendeu na sala e falou, gelada: "Um instante, por favor". Virou-se para o filho e falou, "para você, meu filho", virando as costas para passar a flanela ene vezes na mesa de mármore e, assim, escutar alguma parte da conversa. O jovem Pedro, mesmo sabendo que a mãe não podia escutar o que a menina falava, mesmo pensando que era só escolher as palavras certas para deixá-la sem saber de nada, ficou tão incomodado com a proximidade da mãe que seu primeiro pensamento foi o de pôr a mão no bocal e, em voz alta, perguntar se não tinha direito a um mínimo de privacidade. Entretanto, como de praxe, ele fez tudo ao contrário: levantou a voz para a menina do outro lado da linha, dizendo que ela não devia ligar mais para ele, que ele não a queria ver, que, se ela não sabia o que queria, ele sabia, que o que ele queria mesmo era não vê-la nunca mais!

Antes de bater o telefone na cara dela, porém, escutou o choro convulsivo do outro lado e quis pedir desculpas — mas não conseguiu, porque a mãe estava já bem perto, de frente para ele, olhando-o de olho arregalado e boca aberta. Começou a gaguejar, "des-desc...", quando a menina é que bateu o telefone na cara dele.

Dona Amélia, claro, quis saber o que houve, com quem que ele estava falando e por que estava falando daquela maneira, tão violento, tão agressivo. Ele fez o resumo mais resumido que conseguiu, pulando toda a parte do motel à tarde. Naquele momento, a mãe é que começou a defender a menina. "Veja só, que absurdo" — dizia o senhor Pedro Rocha para mim, tão angustiado como se isso tudo tivesse acontecido na semana passada e não décadas atrás, "eu só falei com a garota daquela maneira porque mamãe estava lá escutando tudo, ela me obrigou a falar assim"!

Escutá-lo falando "mamãe" me abalou mais do que eu esperava, mas me segurei. Estupefata, perguntei, ressaltando bem o verbo "obrigar": "Quando a sua mãe o obrigou a falar daquele jeito com a moça?". O meu paciente abriu e fechou a boca umas três vezes antes de responder: "Não sei".

Parece que era o tal do fantasma da mãe agindo dentro dele, e não à frente dele. Entendi, naquele instante, que precisava lhe mostrar que o fantasma da mãe não se confundia com a mãe, porque esse fantasma era já a mãe internalizada, ou incorporada, como quiser. Mas não entendi, naquele mesmo instante, que entendia tudo errado. Ao mesmo tempo, como poderia entender certo?

Antes que eu antecipasse as minhas impressões, equivocadas ou não, o meu paciente mudou de repente a conversa, voltando ainda mais no passado para me contar como perdeu a virgindade — ou melhor, como ganhou a "hombridade", segundo as suas próprias palavras. Sua lógica, como vemos, era toda de trás para a frente. Ele queria contar essa história porque tinha dela uma boa lembrança, na verdade uma ótima lembrança, que guardava com carinho. Respirei fundo, querendo pedir que me desse um minuto ou dois, eu precisava me preparar para mudança tão brusca do humor do relato, mas ele não me deu tempo nem de respirar direito, engatando logo a outra narrativa.

A conquista da hombridade do senhor Rocha foi anterior ao caso da menina do posto Esso — aconteceu nos primeiros anos da faculdade, e com a professora de Estatística. Essa professora o seduziu com facilidade, já que tudo o que ele queria era ser seduzido. Ela o levou para acampar na montanha, à beira de um pequeno lago. Como estavam em pleno inverno, o frio era intenso fora e dentro da barraca, razão pela qual precisavam se aquecer com frequência. Bebiam um vinho barato chamado Cantina São Roque e depois faziam amor, ou então faziam amor e depois bebiam algumas canecas daquele vinho.

O nome da professora de Estatística era Maria. Ao contar do seu encontro com Maria, pela primeira vez ele dizia o nome de uma mulher, o senhor Pedro se comoveu além da conta e soltou uma lágrima, deixando-a escorrer pelo rosto. Disse que nunca mais teve um momento tão doce na vida, o que me impressionou bastante. De fato, na nossa cultura, não é comum um homem comentar assim, com o adjetivo "doce", a primeira relação sexual da sua vida. Também comovida, eu não quis relacionar a idade e, por que não dizer, a profissão da sua primeira amante, ao fantasma da sua mãe. Ora, a professora de Estatística era, primeiro, professora dele, e segundo, mais velha do que ele pelo menos uns dez anos. Essa dupla condição reforçava a aparente onipresença da imagem materna em quase todas as suas relações.

Esperançosa, perguntei então quanto tempo durou esse namoro tão doce, para ele em seguida me responder que nem namoro foi, tudo não passou de um acampamento no frio. Logo depois da viagem se separaram, embora continuassem se encontrando na sala de aula, como professora e aluno. "Quem tomou a iniciativa da separação?", perguntei, pensando: "Que desperdício". Ele levou alguns minutos para responder à minha pergunta, dizendo que achava que foi ele mesmo, assustado com a idade dela.

Trouxe-o de volta para o assunto do fantasma da mãe, perguntando-lhe se ela, a mãe, soube da primeira vez do filho. Ele disse que nunca contou nada daquela viagem para ela. Entretanto, dona Amélia deve ter descoberto tudo quando ele voltou. A mãe ficou olhando para o filho por dias a fio, mas sem falar nada. Ele lia tudo naquele olhar fixo: reprovação, decepção, orgulho, excitação. Só não sabia se tudo era verdade ao mesmo tempo, ou apenas uma parte.

A questão é: qual parte? "Podia ser uma parte boa, não podia?", perguntei. "Não, não podia", ele respondeu baixinho, quase sussurrando. O silêncio da mãe podia até parecer bom, mas não o era de modo algum, porque o esmagava mais do que se ela o acusasse. "Para ser sincero", avisou ele, dona Amélia quase nunca o acusava de qualquer coisa. "Para ser sincero", repetiu — aumentando a minha desconfiança quanto à sua sinceridade —, ela o acusava, de maneira indireta, por todas as faltas do mundo, ao falar de como ela mesma era forte, esperta e bela em todos os momentos e em todas as situações. Em qualquer circunstância, em qualquer reunião de família ou da escola, segundo o seu filho, o assunto da mãe era sempre a mãe, ou melhor: a Mãe.

Pois veja a senhora como a imagem da mãe para o filho chegava ao meu consultório agigantada, ainda que no sentido negativo. A imagem que ele me trazia mostrava uma pessoa poderosa, tão narcisista quanto manipuladora.

No entanto, ele mesmo começava a moderar essa imagem, como se a conversa comigo o levasse a perceber a possibilidade de aspectos positivos para os quais não atentara antes, ressentido como estava contra ela. Esse ressentimento aumentou com a morte dela, o que o tornava ainda mais parecido com a mãe. Se ela parecia culpar o marido por ter morrido, ele também parecia culpar a mãe por ter morrido, deixando-o sozinho naquele apartamento imenso.

O ressentimento do senhor Pedro se mostrava a sombra escura da relação entre eles, sombra esta que até poderíamos chamar de *amor*, se esta palavra ainda significasse alguma coisa. O ressentimento do filho era tão intenso, que cheguei a perguntar se a mãe alguma vez o agredira, não apenas com palavras ou silêncios, mas também de maneira física.

Ele parou para pensar por alguns minutos, até se lembrar das injeções diárias que a mãe lhe aplicava por conta da asma brônquica, de fundo alérgico, que teve desde criança. As injeções seriam responsáveis pelo pavor que ele teria de agulha, levando-o a quase desmaiar mesmo em exames de sangue. Pelo menos as injeções, aplicadas durante anos seguidos, serviram para curá-lo das alergias e da asma, o que aconteceu no final da adolescência.

Espantada, perguntei onde estava a agressão. Que a mãe aplicasse as injeções todo dia indicava cuidado e atenção, não agressão. Claro que isso não era agradável inclusive para ela, mas tinha de ser feito, como demonstrava a cura mesma da doença. "Ela aplica mal, deixando hematomas ou algo assim?", perguntei.

Hesitante e gaguejante, ele respondeu que nã-não, que ela aplicava bem e rápido, o que confirmava o que eu dizia.

"Pre-preciso pensar sobre isso", ele completou, mas evitando me olhar nos olhos como se estivesse um pouco envergonhado do exemplo.

Seja como for, nesta história não lhe trago fatos, mas apenas versões: a versão que o senhor Pedro me contou e a versão que conto para a senhora do que o senhor Pedro me contou. A memória dele é confiável? Não. A minha própria memória é confiável? Suponho que também não. Todavia, é o que temos.

Na verdade, o senhor Pedro Rocha era a sua memória, assim como eu sou a minha memória e a senhora é a sua memória. Nós somos o que a nossa memória nos diz que somos. O que distingue uma pessoa da outra, mesmo um gêmeo do seu gêmeo, é a memória. O que lhe dá a segurança de ser quem é, ou mesmo de ser alguém e não ninguém, é a memória. Ora, se pela memória se distingue uma pessoa da outra, mesmo gêmeos idênticos, então a memória é igual à identidade.

A memória, porém, não é confiável. O senhor Rocha devia saber disso. Quantas vezes esqueceu do que aconteceu para lembrar do que nunca aconteceu? Imagino que muitas, embora não possa ter certeza de nenhuma dessas vezes.

Se a memória não é confiável, então a identidade é uma ficção. A distinção entre a memória verdadeira, a memória fabulada e a fábula da memória é impossível, porque dependemos, ou do retorno ao passado, ou da memória dos outros — a qual, por definição, é menos confiável ainda do que a nossa. Cada uma das outras pessoas lembra ou esquece do que lhe interessa lembrar ou esquecer.

Se a distinção entre a memória verdadeira, a memória fabulada e a fábula da memória é impossível, então a realidade é uma ficção coletiva: ora caótica, ora parcial, ora paradoxal. Dizem os hindus, a propósito, que a mente é uma carroça puxada por dez cavalos selvagens. Sempre gostei dessa imagem — mas acho que, dos dez cavalos selvagens, metade puxa a carroça para frente, enquanto a outra metade puxa para trás, até quase rasgar a carroça ao meio.

Os dez cavalos selvagens da mente representam as dez — ou cem, ou mil, ou cem mil — memórias do ser humano. Tudo na vida é memória, exceto a fina camada do presente.

Sim, a memória é muito caprichosa — há quem diga que é um pandemônio. Ela lembra o que quer e como quer, não o que o suposto dono da memória gostaria. "A minha memória me trai" é sentença que se repete a três por dois. Então, a memória não é apenas caprichosa, ela também é traidora. Caprichosa, traidora e, ainda por cima, indiferente, porque não se preocupa se a acusam disso ou daquilo, continua a lembrar o que quer e bem entende.

Na verdade, a memória não depende de nenhuma intenção de lembrar deste ou daquele acontecimento. A memória define a minha identidade, mas a memória tem identidade própria. Se isso não é o paradoxo dos paradoxos, não sei mais o que possa ser um paradoxo. Sou o que a minha memória diz que sou, mas a minha memória não me respeita. Ela pode fazer seleções e interpretações antagônicas às minhas. Como inimiga muito íntima, ela seleciona o que lhe dá na telha, ou melhor, nos neurônios, e interpreta tudo a seu bel-prazer.

A memória não filma os eventos como um espelho negro: ela os reconstrói sob nova direção de cena. O problema é que a memória reconstruída parece mais real do que o que de fato aconteceu, assim como a ficção se mostra mais real do que a própria realidade.

Identificamos problemas de memória, por sua vez, tanto nos portadores de doenças mentais, como de demências e Alzheimer, quanto nas chamadas pessoas comuns e sadias. Algumas experiências já demonstraram ser possível induzir pessoas adultas a acreditarem que cometeram crimes na adolescência, fazendo-as recordar em detalhe da sua participação direta em delitos que, de fato, nunca aconteceram. Basta, no contexto apropriado, pressionar com certas perguntas tendenciosas associadas a fragmentos da realidade, para induzir o sujeito a construir memórias falsas.

Os juízes nos tribunais deviam saber disso, porque os advogados das partes já o sabem há muito tempo. Psicólogos e policiais não têm nenhuma dificuldade em implantar memórias falsas na cabeça das pessoas. A neurociência mostra que a memória, base dos reconhecimentos e dos testemunhos, não é confiável, porque ela não funciona como um registro fotográfico, mas sim como linhas em um diário que reescrevemos a cada vez que tentamos lembrar os fatos.

No caso dos portadores de doenças ligadas à falta de memória, é interessante observar como os próprios doentes recorrem a fabulações e as repetem sem parar, para cobrir as lacunas das suas reminiscências. A rigor, eles não mentem, mas, com certo desespero inconsciente, fabricam memórias que os fazem sentir que ainda têm consigo alguma história, portanto, que os fazem sentir que ainda são alguém, e não pálidos fantasmas do que já foram.

Aliás, como seria a memória dos fantasmas, se fantasmas existissem? Absoluta, como se lembrassem de tudo? Ou presa nos últimos momentos, recordando-se apenas dos eventos que antecederam a sua morte? Talvez caótica e surrealista, como nos sonhos?

Desde o início dessa conversa, nos encontramos no território sombrio da memória, cercadas de fantasmas a ponto de não sabermos se nós mesmas somos fantasmas. Sabe, o senhor Pedro Rocha não me apareceu à toa. Todo paciente nos obriga a um certo confronto pessoal, mas ele me obriga a um confronto total. A história do senhor Pedro me empurrou para dentro do tempo, de tal modo que o via na minha frente não como um senhor idoso, mas sim como um rapaz assustado com todas as mulheres — portanto, assustado talvez até comigo.

Naqueles momentos, eu gostaria de abraçá-lo bem apertado, que meus supervisores não me escutem. Logo a seguir, porém, ele voltava a ser um senhor, para se transformar num velho que me ameaçava, como se fosse me atacar com uma faca flácida.

Esse velho senhor, porém, continuava reclamando baixo no meu consultório, insistindo que a sua mãe não era nada carinhosa. Que a mãe dizia que ele não arrumava as suas roupas, mas não o deixava arrumar nada. Que a mãe nunca coçava as suas costas, mas pedia massagem nos ombros. Que a mãe não o beijava por livre e espontânea vontade, mas exigia beijos espontâneos. Que a mãe o criticava o tempo todo, mas o olhava como se fosse se ajoelhar e beijar os seus pés.

De repente, o homem voltou para território mais confortável, passando a falar da morte do pai. Sei, não soa bem relacionar morte do pai a qualquer coisa mais ou menos confortável, mas tudo o que se relacionasse ao pai parecia mais fácil para ele. Se a mãe se situava em território desconfortável, o pai permanecia no território oposto, mesmo depois de morto.

O senhor Pedro lembrou que o pai morreu depois de passar cerca de um mês em coma induzido. Quando os médicos decidiram desligar os aparelhos que mantinham coração e pulmões em movimento artificial, perguntaram se a mulher e o filho queriam se despedir. A contragosto, ele acompanhou a mãe no Centro de Tratamento Intensivo, levados pela enfermeira-chefe. Chorando convulsivamente, ela abraçou o marido prestes a morrer na cama. Aquele choro e aquela cena o constrangeram e o fascinaram, ao mesmo tempo. Queria tocar e apertar seu ombro para consolá-la um pouco, mas não conseguia se mexer, quanto mais dar um passo e esticar o braço.

Parte dele se surpreendia ao saber que a mãe amava o pai tanto assim, ele nunca tinha visto esse amor. Outra parte, entretanto, achava que ela chorava apenas por ela mesma, pela solidão que batia à sua porta. Mais uma parte dele, ainda, achava que ela seria na verdade uma ótima atriz, que aquilo tudo era uma encenação para a sociedade, naquele instante representada pelo filho e pela enfermeira.

Como vemos, o senhor Pedro Rocha se dividia em muitas partes — ou em muitas pedras, se me permitir fazer uma pequena brincadeira com o seu sobrenome. Essas partes, ou essas pedras, ora se comoviam, ora se irritavam, ora pairavam olímpicas e irônicas sobre a situação — sem contar a parte que ficava imaginando que o pai estivesse consciente o tempo todo, lhes dizendo adeus com a generosidade que lhe seria peculiar.

Mais tarde, o médico o chamou para limparem e vestirem o corpo do pai, antes que fosse levado para o velório, no cemitério. O filho achou que aquele era o convite mais mórbido que já ouvira na vida, não se considerou capaz de chegar nem perto, quanto mais de lavar e vestir o pai, mas, mesmo assim, seguiu o médico. O doutor, acostumado, preparou as toalhas molhadas e pendurou no cabide o terno trazido pela mãe, enquanto conversava sobre as contradições da política nacional. O senhor Pedro descobriu, então, que conseguia ajudar a lavar e vestir o pai, o que lhe deu tanto orgulho que, talvez pela primeira vez na vida, se sentiu um homem de verdade.

Nossa sessão já se encaminhava para o final, quando o paciente me agradeceu por atender a seu pedido de tirar os espelhos da minha sala. Eu respondi, por nada — porque, de fato, não fiz nada. Na verdade, nem me lembrava desse pedido.

Na minha sala, sempre esteve este espelho grande com moldura rococó que a senhora está vendo, parece até de filme de fantasma. Pois é, ele não saiu daqui, em nenhuma das sessões com o senhor Pedro. Assim, anotei a última denegação do meu novo paciente: ele não viu, ou não quis ver, que o espelho continuava bem à sua frente.

Já abrindo a porta, um pé no corredor e o outro na frente do elevador, ele me contou de passagem, como se falasse "acho que vai chover", ou, "acho que não vai chover", que os espelhos não paravam de lhe perguntar: "Por que você nunca dedicou um livro para mim?".

"Hein?"

"Para mim, quem?"

"Que livro?"

Foi o que também perguntei! Quase arranquei o senhor Rocha do elevador e o trouxe de volta, mas creio que não seria muito profissional. Fosse como fosse, me distraí, porque só naquele momento me dei conta de que o meu consultório também fica no 13º andar do prédio, o qual, só por acaso, é também o último andar.

Capítulo 3

Na consulta seguinte, meu paciente chegou um pouco menos nervoso. A velha jaqueta de jeans, com a caveira costurada no bolso, foi substituída por não menos velho casaco de couro. Suspeito que o couro do casaco fosse falso porque se desfazia todo, deixando pedacinhos na minha poltrona. O casaco trazia caveira semelhante à da jaqueta jeans da sessão anterior, também costurada no bolso superior esquerdo. Enquanto olhava de lado para a minha própria caveira sobre a mesa, anotei na cabeça a nova ocorrência para, em alguma hora, perguntar o que as caveiras do senhor Pedro queriam dizer.

Sentado, meu paciente deixou as mãos sobre as pernas, arrastando uma unha na outra bem menos vezes, como se tivesse tomado consciência do tique nervoso. Embora parecesse mais calmo, falava com menos fluência — ora gaguejando, ora aos arrancos. Amputava sujeitos, predicados e, às vezes, os verbos. Se eu tivesse gravado o começo daquela conversa, a senhora escutaria algo como: "Carta a carta o ódio se ar-arrependi-dimento matasse nem assim ah se ma-matasse".

A dificuldade talvez indicasse que nos aproximávamos do núcleo do trauma. A consulta prometia. Até que, para minha surpresa, ele inspirou forte e segurou a respiração — segurou por bem mais de um minuto. Em geral, as pessoas expiram e sopram forte, para botar o ar, os problemas, a inibição e a repressão para fora, ou ao menos tentar. O senhor Pedro, não: segurava a própria respiração, como se esse controle o ajudasse a se acalmar e falar.

Depois de me deixar agoniada, sem saber se ele ia soltar ou não o ar, quando o fez, as frases recuperaram parte da sua integridade. Ele me disse então que, certo dia, resolveu escrever uma carta para a mãe para fazer contato com ela, apesar de viverem juntos desde que ele nasceu. Ela lhe escapava, não sabia bem como nem por quê. Embora a dona Amélia cumprisse direitinho as suas funções maternas, nada do que ele me contava mostrava o contrário, o filho sentia que a perdia a todo instante.

Seria como se a mãe, ainda viva, já fosse um pouco o fantasma da mãe? Faz sentido. Como faria sentido dizer que dona Amélia, desde que o "dona" se acoplou a seu nome, se tivesse tornado um fantasma de si mesma, quer dizer, uma quase pessoa. No limite, seria como se ela tivesse se transformado em uma não pessoa, devido à sua sofrida história pessoal — coroada, no entanto, a despeito de tudo, com um casamento bem-sucedido.

A intuição do senhor Pedro parecia tocar na ferida, mas com certeza ele não pensou tudo isso que estou lhe dizendo aqui. A sua intenção era apenas que a sua carta fatídica fosse uma carta de amor filial, sim, mas amor crítico, se é que isso existe. Eu acho que não existe tal coisa — amor crítico é quase uma contradição nos próprios termos —, mas me abstive de comentar. Ele mesmo reconheceu que uma coisa era o que ele queria, outra, o que ele escrevia. Talvez por isso, a carta de amor tenha se transformado em carta de ódio.

Porque, com todas as letras, ele escreveu que odiava a mãe. Ora, tenha ele de fato escrito isso, ou não, me parece imperdoável que tivesse pensado em fazê-lo. Não me compete perdoar ou condenar ninguém, é claro, mas também não gosto de censurar os meus pensamentos. Sem que eu tivesse lido a carta, já a considerava imperdoável — "não se fala nem se escreve tudo o que vem à nossa cabeça torta", pensei. Só pensei, claro, não falei isso em voz alta para ele — não seria muito profissional.

Dona Amélia leu a carta e, de início, não disse nada para o filho. Para se controlar, começou a arrumar o apartamento — cômodo por cômodo, armário por armário, gaveta por gaveta. O jovem Pedro ficava rondando à volta, preocupado — ou que ela explodisse de raiva, ou que ele a tivesse magoado além da conta. Ora, como não teria? Que mãe não se magoaria?

À noite, ela mostrou a carta do filho para o marido, o pai do senhor Pedro, deixando-o muito mais arrasado do que ela mesma parecia estar. Ele se sentou na cadeira do papai, como eles chamavam a poltrona na sala da televisão, e chorou todas as suas lágrimas e mais as da sua esposa, já que ela não chorou, pelo menos não na frente do filho.

"O senhor a odiava mesmo?", perguntei. "Não sei", ele me respondeu. "Não, na verdade não", ele corrigiu, pouco depois — com certeza não a odiava, mas, naquele momento, amara escrever que a odiava. Como sabia que ela idolatrava tudo o que estivesse escrito, percebeu que, escrevendo, podia atingi-la direto na alma.

No entanto, parece que ele não a atingiu tanto quanto planejara. Ela não se deixou abater ou arrasar, como aconteceu com o pai. A mãe respondeu à carta com outra carta, como se aceitasse as armas do duelo entre ela e o filho. Dona Amélia escreveu a sua réplica com letra bem redonda, bem caprichada, como lhe ensinaram na escola primária — o que compensava, pouco que fosse, os erros de português.

Dona Amélia havia frequentado a escola apenas até o segundo ano ginasial, quando precisou trabalhar. Ainda adolescente, o padrinho de batismo a contratou para trabalhar no seu estúdio fotográfico, como retocadora. No estúdio do padrinho, ela não apenas retocava, mas também coloria fotografias: fotos de bebês e crianças, batizados e noivados, famílias pequenas ou famílias maiores. Essas fotos vinham para ela ainda em preto e branco, como se dizia, embora estivessem, na verdade, em tons de cinza. Consta que ela trabalhava direito, ou seja, que ela retocava e coloria muito bem as imagens, mostrando habilidade manual e senso artístico. Os clientes gostavam bastante dos retoques e das cores nas fotografias daquele estúdio.

Depois de se casarem, porém, o marido da dona Amélia determinou que a esposa não precisava mais trabalhar. Da mesma maneira que lhe competia prover o sustento da casa e da família, competiria à mulher cuidar da família e da casa, em especial da farta prole que eles um dia teriam. Na hora, ela deve ter sentido um certo orgulho, o de se casar com um homem bem-sucedido, tanto que a mulher dele nem precisava trabalhar. Ao mesmo tempo, a restrição, ou a proibição disfarçada de cuidado, não deve lhe ter feito muito bem, mas isso sou eu pensando — eu que trabalho, com orgulho, desde os meus dezessete anos de idade.

A prole não foi farta, se tiveram apenas um filho. A mãe, segundo esse filho único, sempre foi dramática e exagerada. Mais do que dramática e exagerada, a mãe sempre foi mentirosa, ele garante. Mas, por dever de ofício e, quiçá, por solidariedade, eu duvidava disso. As supostas mentiras da mãe contavam alguma verdade.

Para comprovar o lado dramático da dona Amélia, o senhor Pedro lembrou que, quando ele resolveu prestar vestibular para a faculdade de Contabilidade, ela teria chorado sem parar por um mês seguido. Naquele mês, ele sempre a encontrava aos soluços, qualquer que fosse a hora do dia ou da noite. Entre um soluço e outro, dona Amélia argumentava que a Matemática não ajudaria seu filho a se tornar escritor, mesmo ela sabendo que a matéria em que ele ia melhor na escola era Matemática. Na verdade, não vejo incompatibilidade entre Matemática e Literatura, embora a escola as faça parecerem inimigas íntimas. Fosse como fosse, aproveitei a deixa para perguntar a meu ilustre paciente: "Por que o senhor gostava tanto assim de Matemática?".

"Eu não gostava tanto assim de Matemática", ele respondeu, acrescentando que apenas tinha mais facilidade em Matemática do que nas outras matérias. Ele também se dava bastante bem em Redação e Português, lembrou, assim como eu me lembrei de que os melhores alunos nisto ou naquilo nem sempre são os melhores profissionais naquilo ou nisto. Quanto às supostas mentiras, ou mentiras por verdade da mãe, ao menos o filho ressalvava que ela "mentia", assim, entre aspas, em especial sobre si mesma, querendo "crescer", também entre aspas, aos olhos de todos os outros.

Para seu próprio desgosto, o senhor Pedro se reconhecia parecido com ela — tanto na baixa altura e na cor verde dos olhos, quanto na necessidade de exagerar tudo, retocando a verdade a toda hora. Talvez por isso ela dissesse que o filho seria um famoso escritor. O senhor Rocha, no entanto, não se tornou um escritor famoso, ainda que não escrevesse mal.

A dificuldade de falar que ele tinha, em especial nos momentos de maior ansiedade, era oposta à facilidade e fluência verbal da mãe, mas se compensava por uma certa facilidade de escrever. Essa facilidade de escrever, todavia, não se traduzia em escritos à mancheia. Escreveu dois ou três contos, se tanto. Os contos, minimalistas, melhor dizendo, mínimos, prestavam estranho tributo à sua própria condição de exagerado. Ele chegou até a me mostrar um desses microcontos, intitulado, não por acaso, "Apocalipse":

> *Neva no quintal. Encaramujam-se pardais nos galhos da goiabeira surpreendida. A avó e o neto, ossos abraçados, não sentem mais frio há muitos anos.*

Nunca nevou na nossa cidade — mas, no quintal imaginário da imaginária casa da avó do autor do pequeno conto, devia nevar sem parar. Nessa história, pelo menos, ele não falou da mãe para abraçar apenas a avó — ou melhor, para seus ossos abraçarem apenas os ossos da vovó.

Como sabemos, ele também tentou escrever um livro, mas não levou a termo. A obra-prima da sua vida de escritor, na verdade, parece ter sido a carta. O outro não escreveu a carta ao pai? O senhor Pedro escreveu a carta à mãe. Ele redigiu a carta em terceira pessoa, como se fosse um conto ou um mero exercício literário, para mostrar para os progenitores orgulhosos — na verdade, imagino eu, bem constrangidos.

A carta à mãe podia até trazer um título pomposo, do tipo: "O filho que odiava a mamãe e amava o papai". Concordo com a senhora: horrível! Suponho que essa carta tenha sido a pior coisa que ele fez na vida. Ele comprometeu todo o amor, não apenas dela por ele, mas também dele por ela, pelo pai e pelo mundo. Com a carta do ódio, ele talvez a quisesse matar com papel e tinta, não porque não tivesse coragem de fazê-lo com uma faca, mas porque não tinha era coragem de viver a própria vida e assumir a própria desdita.

A senhora sabe, nem sempre consigo sustentar a necessária isenção. Com o senhor Pedro, porém, contando até dez e respirando fundo, eu conseguia manter ao menos a aparência de isenção. Porque eu, a senhora e o próprio filho da dona Amélia sabíamos que ele não a odiava de verdade. Na verdade, o que ele tinha era um ciúme possessivo, um ciúme de filho rejeitado, tivesse sido ou não rejeitado de verdade, não importa. Ele odiava, sim, aquela devoção extremada a Deus e a santo Antônio, deixando-o em segundo plano.

Para dizer a verdade verdadeira, ele odiava que ela preferisse que ele fosse outro — por exemplo, que ele fosse o avô. Ou que fosse um oficial da Marinha. Ou que fosse o escritor que ela queria que ele fosse, sem permitir que ele quisesse ser aquilo ou qualquer outra coisa. Ou então, o pior de tudo: que ele fosse outra — que ele fosse a menina. Porque ela só queria uma menina e teve só um menino. Eu já começava a pensar que o problema não era o fantasma da mãe, mas sim o fantasma dessa menina que não nasceu, não viveu, sequer existiu.

E se ele tentasse escrever um romance sobre o fantasma dessa tal menina que nunca nasceu? De fato, ele tentou escrever alguma coisa parecida, mas não obteve sucesso. De todo modo: o ódio do meu paciente era um ódio reativo. Ele reagia à falta que sentia da mãe, mesmo que ela estivesse presente. Ele odiava que a mãe pedisse carinho mas não fizesse carinho nele, ou começasse um carinho e logo recolhesse o braço. Ela pedia beijos, mas não beijava — ou beijava de passagem, de relance, entre assustada e envergonhada. Ela se recusava a coçar as suas costas, como ele pedia várias vezes (cá entre nós e entre parênteses, eu também me recusaria, para não estimular o reizinho da casa).

O senhor Pedro começava a perceber, embora já fosse um pouco tarde demais, que sua mãe, a dona Amélia, sentia era profunda vergonha de pedir carinho, ou de precisar pedir carinho para o próprio filho. Enquanto ele a achava meio ignorante e meio brega — naquela época se diria "cafona" —, por conta da sua baixa escolaridade e falta de cultura, ela, com certeza, se sentia humilhada até a raiz dos seus cabelos louros, como se revivesse a humilhação primordial e fundadora.

Talvez ele sempre tivesse percebido tudo isso, porque o que odiava é que ela fosse ainda mais carente do que ele ou do que todo mundo, como os desesperados discursos sobre si mesma em todas as ocasiões festivas declaravam, entre soluços engasgados. O senhor Pedro, aquele que sempre se comoveu à toa, segundo ele mesmo, me dizia não ter se comovido nem um pouco com a história do pai da sua mãe, isto é, com a história do avô que ele mesmo nunca conheceu.

Ela contava essa história repetidas vezes, em reuniões de família, o que ajuda a explicar, mas não a justificar, a insensibilidade do filho. Por escrito, essa história teria ficado bem mais forte e expressiva, mas ele não o soube reconhecer. Porque, na carta em que a mãe respondeu à cruel missiva do filho, ela contou outra vez a deprimente história da sua relação com o seu pai, isto é, com o avô do filho.

Sim, *cruel* é por minha conta. Ele não reconhecia a óbvia crueldade do que escreveu. Ele não percebia que justificava, de algum modo, a crueldade do seu avô materno — por extensão, de todos os homens abusivos, conscientes ou não de que o fossem. Esse avô do senhor Pedro é que teria sido um homem ignorante, rude e bruto. Ele morreu cedo, para imenso alívio da filha, que à época contava com treze anos de idade.

Tão analfabeto quanto a esposa — ambos imigrantes portugueses, ambos muito pobres e sem qualquer estudo —, o pai da dona Amélia espancava as filhas de dia, com as mãos ou com o cinto, para à noite gritar com elas e com a mulher, exigindo silêncio. Ele exigia silêncio para poder ler o jornal que fingia ler, caprichando na fisionomia fechada e preocupada de quem estaria entendendo tudo o que estava lendo.

Na hora do jantar, além de exigir silêncio, ele obrigava as meninas a comerem arroz puro, sem feijão, talvez por não ter dinheiro para comprar nem feijão, nem carne. A sua filha mais nova, aquela que se tornaria mais tarde dona Amélia Rocha, não reclamava nem dos gritos, nem das regulares surras de cinto, mas se dizia traumatizada por causa da obrigação de comer arroz toda noite, muitas vezes à força, o que a fez detestar arroz pelo resto da vida.

A confissão do alívio com a morte do pai, repetida por dona Amélia outras tantas vezes e sem qualquer remorso, sempre perturbara o senhor Pedro, levando-o a fantasiar uma viagem no tempo na qual pudesse defender o avô, que não conhecera, das acusações póstumas, que supunha fortes demais, da própria filha. O retorno dessa história na resposta à sua carta só deixou o meu impaciente paciente ainda mais insensibilizado para o suposto sofrimento da mãe quando criança. Na minha frente, no entanto, o senhor Pedro dizia que talvez devesse ter mostrado um pouco mais de empatia.

Confesso, eu sentia dificuldade de seguir o protocolo, se naquele momento me cabia apenas escutá-lo com atenção. No entanto, como o filho não percebia que a mãe teria sofrido, eu não tinha dúvida, abusos por parte do pai, e com a conivência apavorada da sua própria mãe, ela mesma pobre e analfabeta? A menina Amelinha, mais tarde dona

Amélia, podia não reclamar dos gritos absurdos nem das surras de cinto, quanto mais das violências que se obrigaria a esquecer no instante seguinte àquele em que elas aconteciam. No entanto, ao assumir um trauma por ter sido obrigada a comer arroz à força, ela conseguiu formular uma metáfora branca, fofa e soltinha para os abusos, quer nomináveis, quer inomináveis, que não deixaram de fazer efeito e ter consequências, mesmo depois da morte do agente responsável por eles.

"A carta ainda está com o senhor?", perguntei, para dizer alguma coisa que não fosse o que eu queria dizer naquela hora. Ele respondeu à minha pergunta depois de longos segundos de hesitação, dizendo que não. Já datilografava seus textos, tinha diploma de datilógrafo mesmo antes de fazer dezoito anos de idade, mas preferira escrever aquela carta à mão, e sem fazer cópia, para deixar a mensagem ainda mais pessoal. A carta ficara com a mãe, ele não sabia se ela a guardara, escondera ou jogara fora pouco antes de morrer — quando, mexendo nas suas gavetas entulhadas, reencontrara o papel da carta, amarelado pelo tempo.

"Então, a carta voltou para as suas mãos e, portanto, ainda está com o senhor", contestei. "Não", ele repetiu: a tinta da caneta que ele usou, me explicou, apagou quase toda, deixando traços de uma palavra ou outra. Por isso, o senhor Pedro resolveu queimá-la na pia da cozinha no mesmo dia em que a reencontrou, para ver se esquecia de uma vez da carta e da própria mãe. Todavia, o fantasma não o deixava esquecer nem de uma nem da outra, lembrando-o dia sim e o outro também. Deixei passar o gancho, ainda não queria tratar do fantasma da mãe. Eu precisava do maior número possível de fatos, ou, ao menos, de versões. Pedi-lhe então que me contasse as experiências boas com a mãe de que se lembrava, começando pelas mais antigas. "Bo-boas?", ele perguntou, hesitante. "Sim, boas", respondi. "O senhor não teve boas experiências com a sua mãe?", perguntei, fixando meu olhar no dele. "Al-algumas...", ele respondeu, reticente. "Pois me conte", pedi, ou melhor, ordenei. Ele começou a me atender ainda hesitando, sem me encarar e sem conseguir se fixar em nenhum dos objetos do meu consultório. Seus olhos fugiam, em especial, tanto da caveira sobre a mesa, quanto do velho espelho de moldura rococó que olhava de volta para a gente, enquanto conversávamos. Ao mesmo tempo em que parecia relaxar os ombros, deixando-os cair, apertava as pernas com as mãos como não o tinha visto fazer até aquele instante. Foi dessa maneira que ele começou a se lembrar... "... de uma fotografia. Sempre que eu olhava essa fotografia, achava que tinham conseguido fotografar um sonho. A imagem, em preto e branco, mostrava a minha mãe, bonita como sempre fora. Minha mãe estava no quintal da casa dos meus avós paternos, em frente à porta da frente, e sorria esticando os braços para cima. Aquele sorriso, capturado no centro da imagem, a iluminava e a todo mundo em volta. Naquela posição, as suas mãos seguravam no alto um bebê pelado que ria à vontade, os bracinhos e as perninhas abertas como se nadasse no ar. Sempre me disseram que aquele bebê era eu, mas, embora só pudesse ser eu mesmo, creio que eu duvidava disso. Passei muito tempo desejando ver essa fotografia de novo — mas, em algum momento, não lembro quando, ela se perdeu dentro do armário da minha mãe, talvez dentro da gaveta caótica dos pijamas e das camisolas."

"A cena da foto que o senhor descreve é muito interessante", eu lhe disse, mas completei que ela ainda não configurava uma boa memória. Como o senhor Pedro reconhecia, ele não se lembrava da cena exata — recordava-se apenas de algum momento, muitos anos depois, quando teriam lhe mostrado a fotografia, ou um daqueles antigos álbuns de bebê no qual tivessem colado a foto. Guardei num canto da minha própria memória que, pela primeira vez, ele se referia à dona Amélia como uma mulher bonita, antes de pedir de novo boas memórias da sua vivência com a mãe. Ele, então, se encolheu um pouco na poltrona e fez cara de quem fazia um tremendo esforço para se lembrar, até conseguir falar: "Lembro de piqueniques no alto da floresta, nos fins de semana. A gente sentava sobre uma toalha e mamãe dava um sanduíche de mortadela para cada um, enquanto papai enchia os copos de plástico com refrigerante. Tinha um refrigerante muito doce que eu adorava, chamado Mineirinho. A diversão era apostar quem chegaria primeiro para pegar os farelos de pão, se aqueles passarinhos brancos, chamados noivinhas, ou aquelas formigas pretinhas. De que mais eu me lembro? Ah, me lembro também daquela praia sem ondas no canto da baía, nos dias de semana... a gente ia de lotação... lotação era perigoso mas era bom... sentado ao lado da mãe indo pra praia, enquanto o pai estava no trabalho... parece que volto a sentir o cheiro de água-de-colônia na ida, o cheiro de maresia na volta. Também andamos algumas vezes de bonde, mas só pra andar de bonde, sem ir pra lugar algum... ainda me lembro dos versinhos colados na lateral do bonde, tenho decorado até hoje: 'veja, ilustre passageiro, o belo tipo faceiro que o senhor tem a seu lado. E, no entanto, acredite, quase morreu de bronquite. Salvou-o o Rhum Creosotado!' O remédio devia ser horrível, mas os versinhos eram legais".

Enquanto ele falava, seus olhos começavam a marejar um pouquinho, fazendo com que eu me comovesse outro pouquinho. Fiz um gesto para que falasse mais, desencavando outras experiências boas com a mãe. Ele entendeu e continuou, um pouco mais firme: "Quando eu ficava doente, da asma ou da alergia, com dor ou com mal-estar, ela não saía de perto. Às vezes isso era chato, mas na maior parte do tempo era bom... era bom. Como quando quebrei o pé direito, um ônibus bateu na traseira do carro do papai na hora em que ele parou na frente da escola. Eu estava saindo do carro, isso mesmo, do Aero Wyllis, no momento da batida, quando fui jogado no muro e bati com a cabeça na perna de uma mulher gorda. Graças à perna da mulher, que não sei se ficou machucada, não tive nada na cabeça, mas o meu pé direito quebrou feio. Me lembro do médico falando da fratura no quinto metatarso. A lembrança desse acidente é boa porque todo mundo passou a falar de mim na escola, e porque minha mãe não saiu do meu lado, na enfermaria do hospital".

"Essas lembranças de fato parecem boas", concordei, embora soasse engraçado a pessoa considerar um acidente de trânsito, no qual ela se feriu, como uma lembrança boa. "E, para além das doenças e dos acidentes?", perguntei. Ele fez um longo silêncio e, depois, respondeu: "Igreja.

Todo domingo, na igreja. Terça-feira, às vezes, também. Eu devia achar que igreja era bom, porque me deram o nome do santo que fundou a igreja. Na missa, eu podia sonhar acordado que morria e virava anjo, para pousar de repente no meio do altar e olhar pra dentro da alma de todo mundo. Na hora eu ficava emocionado com a minha própria fantasia, deixando escorrer lágrimas pelas bochechas, o que fazia com que a minha mãe ficasse emocionada, por sua vez, com a minha religiosidade. Apesar dessa emoção, ela nunca quis que eu virasse padre. Aliás, ela nunca quis que eu sequer conversasse com um padre. Nunca entendi por que uma mulher tão religiosa tinha tanto medo de padres".

Gostei da imagem da igreja que ele pintou, embora eu mesma não seja religiosa. Não sigo nenhuma fé em particular, mas invejo quem siga e creia. O jovem Pedro gostava de ir à igreja porque o culto lhe permitia ficar mais em contato com a sua própria imaginação, apesar de sua fantasia predileta ser um pouco mórbida: morrer e voltar como anjo, no meio da missa, as asas batendo nas costas. Todavia, no fundo mesmo o que ele queria era voltar da morte como fantasma, assim, bem no meio da igreja, para assombrar mãe, pai, padre e toda a congregação.

A revelação sobre o medo que dona Amélia sentia de padres, porém, me impressionou. Quis comentar que aquele medo podia ter alguma coisa a ver com a relação dela com o pai, imaginando a possibilidade de padres pedófilos. Naquela época, não se falava muito nisto, mas dona Amélia me parecia bem mais inteligente do que o seu filho achava que ela era. No entanto, hesitei em falar essas coisas, porque aí eu estaria psicanalisando o inconsciente de uma pessoa falecida. Ora, isso seria tão estranho quanto psicanalisar o personagem de um romance. Personagens não podem ter qualquer inconsciente, enquanto falecidos em geral já não o têm mais. Já fantasmas — não tenho como saber —, se existissem, talvez fossem feitos de puro inconsciente.

A senhora reparou: que minha mão está descansando sobre a careca da caveira. Interessante. Eu não havia reparado. Deve ser porque eu falei de falecidos em geral. Prestarei mais atenção, daqui por diante. Já sobre o possível inconsciente dos fantasmas, fiz apenas uma piada — um chiste, como diria o mestre. Depois do chiste, pedi que o meu paciente continuasse a falar das experiências boas que ele tivesse tido com a mãe.

Ele respirou fundo.

Depois, respirou mais fundo ainda.

Então, voltou a falar, um pouco mais baixo: "Minha mãe largou a escola cedo, para poder trabalhar. Tinha alguma noção de como se portar em público, mas muito pouca leitura, ainda menos de jornal, enquanto papai lia o jornal inteiro, de cabo a rabo. Ele lia até mesmo os classificados. Apesar da leitura indigente, ela dava opiniões sobre todos os assuntos, mas sem dominar nenhum, baseando-se sempre no que havia acabado de ouvir falar. As opiniões do meu pai eram mais sensatas, mas parecia que eles dois não conversavam muito entre si. Quando ela falava as besteiras dela, ele ficava quieto, ou porque tivesse vergonha, ou porque fosse um cavalheiro. Ela estava sempre presente nas reuniões de pais do meu colégio, chegando a ser presidente da associação de pais e mestres. Papai foi o vice-presidente, claro. A presença dela no meu colégio era constrangedora para mim. Eu não conseguia entender por que o diretor, os coordenadores e os professores respeitavam tanto aquela mulher, se referindo a ela com palavras de admiração".

Como a senhora vê, ele não aguentou falar bem da mãe por muito tempo e logo voltou a criticá-la, mostrando como ela o envergonhava. Adolescentes costumam mesmo morrer de vergonha dos pais quando estão com os colegas — mas o senhor Pedro, que já não era mais nenhum adolescente, parecia morrer ainda mais, se é que me entende. Incomodava-o, sem dúvida, que seu pai ficasse em posição subalterna, em relação à esposa.

Tínhamos dois problemas. Primeiro, que posição subalterna do pai seria essa, se eles começaram a vida com ele a impedindo de trabalhar? Segundo, quando ele dizia que não conseguia entender por que seus professores respeitavam tanto a sua mãe, o filho se entregava, mostrando que a percepção negativa dele sobre a mãe era bem peculiar, revelando perspectiva comprometida pelos próprios ressentimentos.

Os professores a respeitavam porque ela queria ajudar a escola, ao contrário de tantos pais que aparecem apenas ou para reclamar, ou para discutir a nota dos filhos. Talvez ela convivesse muito bem com as outras pessoas, mas não tão bem com as pessoas da família — o que nem seria o caso, se a relação da mulher com o marido, o pai do senhor Pedro, parecia, aos olhos do próprio filho, bastante boa. Como de praxe, o problema do relacionamento entre o filho e a mãe não se concentraria nem nele, nem nela, mas sim no relacionamento em si. Aceitar isso implicava aceitar que tudo ficava mais difícil de lidar, porque relacionamentos

O FANTASMA DA MÃE 69

não são pessoas, nem coisas, mas sim processos imateriais, fugazes e inapreensíveis.

Confesso, este não é um caso equivalente aos outros casos de que tratei. Ainda não lhe disse tudo, ainda não lhe disse nem o mais importante, porque tenho uma certa necessidade, alguns colegas diriam, uma certa necessidade patológica de fazer os meus relatos na ordem cronológica correta. A maneira de contar é crucial: se eu não contar dessa maneira ou me perco, ou me desespero, ou não conto mais nada.

"Perdão. Conto sim. Este caso me perturbou além da conta, a senhora deve estar percebendo."

Respiro, então. Respiro, mais uma vez.

E continuo: Nós já estamos chegando na doença da mãe.

Depois da morte do seu marido, a mãe do senhor Pedro avançava da tristeza à revolta, da revolta à raiva, da raiva ao desespero, do desespero à depressão profunda. A revolta e a raiva se dirigiam ora ao marido, ora a Deus, ora ao filho, ora a ela mesma. Quando chegou na fase da depressão, dona Amélia foi se cuidando menos, deixando de pintar o cabelo, de se maquiar, de pôr as melhores roupas para sair — ela foi deixando até mesmo de sair de casa. Moravam sozinhos a mãe e o filho, naquele apartamento enorme que, entretanto, parecia pequeno para tantos ressentimentos, tanto de uma quanto do outro.

A partir de um determinado momento, ela passou a reclamar que o filho não a visitava mais. Entretanto, eles moravam juntos, como sabemos — logo, eles se encontravam pelo menos todas as manhãs e todas as noites.

Depois dessa reclamação, ela chegou a preencher cheques para a diarista fazer compras, mas, onde deveria escrever o valor por extenso, assinava o seu próprio, incorporando "dona" a "Amélia", como se aquele fosse o nome e este, o sobrenome. O senhor Pedro quis levá-la ao médico para ver esses lapsos, mas ela não aceitou — dizia que não estava doente, apenas com raiva. Para não contrariá-la ou para não se aborrecer, o filho não insistiu e se calou, mesmo quando novas situações justificariam a necessidade da presença do médico.

Ele passou então a deixar dinheiro com a mãe para fazer as compras. Quando voltava do trabalho, porém, ela dizia que não tinha feito as compras porque ele não tinha deixado dinheiro. O senhor Pedro procurava o dinheiro nas gavetas do quarto dela e até da cozinha, mas de fato não achava nada. Deixava então mais dinheiro para ela fazer as compras no dia seguinte, mas as notas também sumiam, assim como as outras haviam desaparecido.

Sem querer confrontá-la ou perturbá-la mais ainda, ele passou a fazer as compras antes de chegar em casa. Cansado e irritado com a mãe, descontava em si mesmo e fazia o que não podia e não queria, ou seja: subia com as sacolas de compras os duzentos e noventa e nove degraus, algum dia contara um por um, até chegar esbaforido, ofegante e mais irritado ainda, ao 13º andar do seu prédio.

Quando abria a porta de serviço na cozinha, para pôr as sacolas na mesa e arrumar as compras nos armários e na geladeira, dona Amélia vinha correndo do quarto. Assustada, ela não dizia nem boa-tarde, nem boa-noite — olhava para ele mais assustada ainda, os olhos arregalados se desviando para o chão e para os lados a cada vez que ele olhava de volta. Ele também não dizia nem boa-tarde, nem boa-noite, para não começar nenhuma discussão. Depois de vários minutos, ela se lembrava de alguma coisa e exclamava o seu nome, "Pedro!". Depois, acrescentava ou um "ah", ou a expressão a que recorria com frequência quando queria enfatizar fosse o que fosse: "Meu santo Antônio!".

"Meu santo Antônio!", exclamo eu. Como o filho não percebia que a mãe apresentava sintomas claros de Alzheimer, ou de algum outro tipo de demência? Ele parecia em claro processo de denegação, como dizemos nós outras. O filho de dona Amélia, mal terminava de arrumar as compras, corria para se trancar no quarto, deixando a mãe com a mão esquerda levantada no ar, como se quisesse lembrar de alguma outra coisa. Ele não percebia que ela já começava a ter dificuldades para reconhecê-lo quando ele entrava pela porta da cozinha, se mostrando confusa se estava vendo o filho, se estava recebendo uma visita, ou se estava se deparando com um ladrão.

Anos atrás, a tagarelice da mãe, falando das vizinhas do prédio, das fofocas do rádio e dos repetidos vacilos do marido no trabalho, o incomodava quando ele chegava em casa. No entanto, nos últimos tempos ele ficava ainda mais incomodado com o silêncio assustado e os olhos arregalados de dona Amélia. Não queria pensar a respeito, o que significava que não parava de pensar a respeito, mas sem chegar a nenhuma conclusão. Passou a voltar mais tarde do trabalho, parando em algum bar do caminho para beber sozinho. Não tomava cerveja nem vinho, dando preferência a um conhaque barato, chamado Fogo Paulista. Devagar, tomava de duas a cinco doses, acompanhadas de um aperitivo: ora bolinhos de bacalhau, ora cubinhos de queijo provolone.

Certa noite, ele chegou ainda mais tarde em casa, depois de seis ou sete doses daquele conhaque, várias porções de bolinhos de bacalhau e, por fim, duas ou três paradas para vomitar na sarjeta. O porteiro logo percebeu que o senhor Pedro não teria a menor condição de subir os treze andares de escada, como vinha fazendo. Por isso, ajudou-o a entrar no elevador e subiu com ele, segurando-o para que não se sentasse no chão.

No seu andar, o condômino, como escrevia o síndico nas convocações para reunião, se aprumou e abriu a porta da cozinha sozinho, dispensando o porteiro com um agradecimento engrolado. Fechou a porta, abriu a geladeira, pegou a garrafa de água e bebeu direto na boca, feliz que a mãe ainda não tivesse aparecido. Antes de ir para o seu quarto, porém, estranhou isto mesmo, a ausência da mãe. Segurando-se nas paredes do longo corredor, dirigiu-se ao quarto dela, que se encontrava às escuras. Acendendo a luz, viu uma cena que lhe pareceu de filme B, talvez Z, tão dramática que demorou a realizar que, na verdade, fosse real.

Sangue.

Um rio de sangue no carpete da suíte, do banheiro até a cama de casal, que continuava a ser usada por dona Amélia mesmo que já não houvesse mais um casal.

Dona Amélia. A mãe. Deitada no colchão com uma perna para fora, a perna encostando no carpete molhado, como se, depois de muito esforço, tivesse conseguido ao menos cair na cama.

Sangue. Dona Amélia. A mãe. Coberta de sangue do pescoço à virilha, a camisola rosa agora roxa, escura, assustadora. Não.

Não estava morta. Deitada de costas, arfava, os olhos vazios girando no ar, sem se fixar nele, ou em qualquer ponto do aposento. O senhor Pedro não sabia o que fazer. Não sabia o que pensar. Não sabia o que raios estava fazendo ali, na frente daquela mulher e no meio de todo aquele sangue.

Dona Amélia havia passado mal? Tinha sido assaltada? Agredida? Mas por quê? Por quem? Só pensava em gritar o nome do pai, acabou gritando mesmo pelo nome do pai, demorando a se lembrar que ele estava morto e enterrado há alguns anos. Sim, há sete anos, seja lá quantos fossem esses sete anos.

Então, telefonar. Mas, telefonar para quem? Não tinha irmãos. Na verdade, não tinha amigos. Não tinha nenhum amigo, nem da época da faculdade, nem do trabalho. Tremendo, caminhou até o banheiro da suíte e também acendeu a luz, para ver que o banheiro era outra poça de sangue, em especial em volta do vaso sanitário. Veio-lhe de novo a ânsia de vômito, mas decidiu que seria inconcebível vomitar por sobre o sangue da própria mãe. Escorregando e tropeçando, correu para o banheiro social, onde chegou a tempo de perceber que não tinha mais nada para vomitar, já havia largado tudo pelo caminho.

A cena de terror pareceu curar o porre. Aprumou-se e pegou o telefone, mas ficou com ele na mão sem saber para quem ligar. Por fim, se lembrou de que ele mesmo havia deixado uma lista de telefones úteis na porta da geladeira. Correu para lá e conseguiu ligar para a emergência. Com muita dificuldade, relatou o quadro de horror, intercalando muitos "por favor" com outros tantos "socorro". Por fim, passou seu nome e endereço, recebendo de volta a informação de que uma ambulância já estaria saindo, com gerúndio, com enfermeiro e médico.

Não voltou ao quarto da mãe, não conseguiria ver aquele sangue todo de novo. Cambaleando, caminhou até a sala se apoiando nas paredes e nos móveis, procurando a janela para de lá de cima acompanhar a chegada da ambulância — se já estava chegando, se ainda faltava muito, se já dava para ouvir a sirene ligada.

Na rua, entretanto, nenhum carro. Silêncio incomum, não era tão tarde assim. Não ouvia nenhuma sirene. De repente, se deu conta de que não estava em casa enquanto a mãe passava mal, ou enquanto a mãe era atacada por alguém, se de fato o tivesse sido. De repente, se dava conta de que bebeu copos e mais copos de conhaque, enquanto a mãe expelia sangue sem conseguir sequer chamar pelo filho, ou pelo marido, ou por Deus Nosso Senhor, ou ainda pelo seu santo Antônio.

O senhor Pedro sentiu que a calçada do prédio lá embaixo o agarrava e o puxava com força, obrigando-o a se jogar e se matar de uma vez por todas, ele merecia! Ninguém sentiria a menor falta dele. No entanto, com medo de cair sobre o médico da ambulância que ainda nem tinha chegado, ele empurrou a si mesmo para dentro da sala, mas com tanto pavor que derrubou o sofá e bateu com a cabeça na mesinha de centro.

Mais sangue, agora o dele, escorrendo da têmpora até o pescoço. "O que o médico vai pensar", pensou. Seria muito difícil de explicar. Ele então se levantou aos arrancos e foi lavar o próprio sangue no banheiro do outro lado do apartamento, para não voltar para o quarto da dona Amélia. Não queria limpar a mãe, não queria limpar o quarto, não queria limpar mais nada! Não queria saber, ainda não, se ela estava viva ou morta. Só queria que a ambulância chegasse logo para salvá-lo. "Sim", ele pensou e falou, "salvá-lo", salvar a si mesmo, não "salvá-la".

Depois de algumas horas, não sabia quantas, a ambulância chegou, mas com a sirene desligada, lembrava-se do detalhe. Na sua imaginação, levaram quase outra hora para subirem os treze andares de elevador e tocarem a campainha do apartamento. Ao correr para abrir a porta da sala, tropeçou numa outra mesinha de canto e quase se estabacou de cabeça de novo, desta vez na mesinha ao lado do sofá. Abriu a porta, mas não conseguiu articular palavra, como se todas elas tivessem ficado presas dentro da boca.

Os dois enfermeiros então passaram por ele e logo descobriram o quarto da mãe, bastando seguir a trilha do sangue no chão, deixada pelos sapatos do filho. Enquanto eles faziam os primeiros atendimentos, a jovem médica tomou o senhor Pedro pelos ombros e o sacudiu com força, para ver se ele desentalava e começava a relatar o problema. Antes de ela ter algum sucesso, porém, um dos enfermeiros gritou a palavra "hemorragia!", e mais algum termo técnico de que ele não se lembra, motivando a doutora a correr para o quarto.

A doutora aplicou duas injeções na dona Amélia, enquanto os enfermeiros limpavam um pouco o sangue em volta. Depois, eles prepararam a maca e a paciente para o transporte. O senhor Pedro disse que, durante o procedimento, a médica olhava para ele de rabo de olho, como se decidindo se o sedava, se o internava também, ou se chamava logo a polícia. Ao sair, no entanto, apenas lhe disse para que hospital levariam a sua mãe, pedindo que ele fosse para lá o mais rápido possível. No último momento, o filho da dona Amélia desengasgou e perguntou, por favor, o que ela tinha tido.

Segurando a porta do elevador, enquanto os enfermeiros faziam contorcionismo para que a maca e a paciente coubessem lá dentro, a médica lhe respondeu que, em princípio, a paciente havia tido uma hemorragia digestiva graças a diversas causas possíveis, e que apenas os exames no hospital podiam garantir diagnóstico mais aproximado. Sem entender, o senhor Pedro perguntou, "mas por quê?", para ouvir a médica repetir, cansada, que, em princípio, a paciente havia tido uma hemorragia digestiva graças a diversas causas possíveis, e que apenas os exames no hospital podiam garantir diagnóstico mais aproximado.

Naquela hora, o meu paciente se deu conta de que aquela poderia ser uma das únicas vezes, se não a única, em que ficaria sozinho no apartamento, mas a constatação o deixou mais perturbado. Claro, havia o horror, mas havia também o horror maior ainda de se sentir feliz com aquele horror. Atarantado, não sabia se corria para o hospital, ou se limpava o quarto e a cama da mãe. Não queria de modo nenhum limpar tanto sangue do quarto e da cama da mãe, mas se apavorava com a possibilidade de voltar do hospital com a casa e o quarto daquela maneira.

Por isso, procurou fazer tudo o mais depressa possível: recolheu lençóis, e fronhas, e travesseiros, e colchas, e almofadas, tudo sem olhar, ou olhando de lado, para amarfanhar tudo dentro da máquina de lavar. Depois esfregou sabonete, detergente e desinfetante no colchão, e no chão, e no piso do banheiro, e até no espelho do banheiro, mas quase sem olhar também, sabendo que precisaria refazer a limpeza outras vezes — mas, naquela hora, não dava, ele só queria ir embora para o hospital para saber qual era o problema da mãe.

Quando o senhor Pedro enfim conseguiu chegar ao hospital, descobriu que dona Amélia já estava no Centro de Tratamento Intensivo fazendo os exames necessários. Por aquela coincidência inverossímil, o CTI ficava no 13º andar. Tinha tanta gente para pegar o elevador, mas só havia um funcionando. Ele se apavorou com a possibilidade de ter de subir pelas escadas que nem no seu prédio, pensou que não tinha mais idade para isso, que as pernas tremiam, e até que ainda estava de porre, embora não estivesse. Ocupou logo o seu lugar na fila do elevador, mas, quando chegou a sua vez, não conseguiu entrar, tantas as pessoas, e tantas delas tão doentes!

Acabou subindo pelas escadas, esbaforindo-se a cada andar. Em frente ao CTI, demorou para recuperar o fôlego e, depois, para ser atendido pela enfermeira-chefe. Essa enfermeira lhe disse que os exames da sua mãe estavam em andamento, mas que já podia confirmar a hemorragia digestiva. As causas prováveis eram muitas, mas ela mesma apostaria em algum problema grave do fígado. Ele escutou, sem atinar direito com o que deveria pensar ou perguntar. A enfermeira não esperou que ele descobrisse e o largou sozinho no meio do corredor mal iluminado, as luzes fluorescentes piscando, deviam estar com algum defeito. Por longos minutos, o senhor Pedro ficou parado ali no meio do corredor, atrapalhando a circulação das enfermeiras e dos médicos, pensando, enquanto isso, se poderia telefonar para alguém e pedir ajuda. Mas, de novo, ajuda, a quem? Ele não tinha mais ninguém, apenas a mãe. Ela não tinha mais ninguém, apenas o filho. Decidiu ir embora e voltar no dia seguinte, para ver se teria mais informações. Antes, porém, precisou ir ao banheiro. Depois de fazer o que precisava no banheiro do andar, ele foi lavar as mãos na pia. Quando olhou para o espelho em cima da pia, o que viu fez com que recuasse de costas vários passos, até sair pela porta do banheiro e cair de costas no meio do corredor.

A mesma enfermeira-chefe correu para socorrê-lo, perguntando se ele estava bem e o que tinha acontecido. Ele respondeu e repetiu, atarantado: "Es-estou-bem, es-estou--bem, o-es-espelho, o-es-espelho". A enfermeira, intrigada, chamou um enfermeiro, para entrar com aquele senhor no banheiro dos homens. Um rapaz negro e cansado, vestido de azul, entrou com ele no banheiro, olhou para o espelho e não viu nada, ou melhor: viu apenas a imagem de um homem negro cansado ao lado de um senhor atrapalhado e gago.

Com dificuldade, o senhor Pedro disse que e-ela-es--estava-ali-ali. Quem estava ali?, a senhora me pergunta.

Foi o que também perguntaram o enfermeiro e a enfermeira, descrentes, que sujeito mais perturbado, meu Deus, não bastassem os pacientes, o diretor do hospital e o governo do estado para os perturbarem todo dia. "Ela, a minha mãe", ele respondeu.
"Que mãe?", perguntou o enfermeiro. "A dele", respondeu a enfermeira, e completou: "Só que a mãe dele também está lá dentro do CTI, por causa de uma hemorragia digestiva brava". O enfermeiro disse a primeira coisa que lhe veio à cabeça: "Então ela já...", só para tomar um tapa no braço da chefe que, com o olhar duro, acompanhado do gesto de mexer a cabeça para o lado, ordenou que fosse verificar.

Chegou o momento de apresentar para a senhora o fantasma da mãe: acho que ele acaba de se mostrar para nós. Sim, apenas acho. Não tenho certeza de nada. Há poucas certezas nesse caso. Melhor: não há quaisquer certezas nesse caso. Até aquele momento, eu pensava no fantasma como metáfora, de repente precisava vê-lo também como alucinação — quer dizer, vê-lo não, quem disse que viu o fantasma da mãe no espelho do banheiro do 13º andar do hospital foi o meu paciente, não eu.

O enfermeiro voltou do CTI dizendo que estava tudo bem com a dona Amélia, ou melhor, ou pior, não tão bem, ela estava ainda muito doente, mas mantendo o quadro estável, todos os sinais vitais em ordem, quer dizer, vivos, quer dizer, ela ainda estava viva, pelo menos era o que diziam os monitores na cabeceira do leito — ufa, que atrapalhação. O senhor Pedro retrucou, aos trancos e barrancos, que vi-viu a mãe si-sim no espelho do banheiro, olhando para ele nervosa e perguntando, "por que você nunca dedicou um livro para mim?", o que o fez sair correndo de costas até cair ali, no meio do corredor, onde a senhora enfermeira o socorreu.

Naquela hora, apareceu a médica que foi buscar a mãe dele no apartamento, perguntando o que aconteceu. A enfermeira respondeu, "depois eu conto, doutora", até porque não sabia como contar o que aconteceu na frente do próprio senhor Pedro, e também porque não tinha nenhum psiquiatra de plantão naquele hospital, embora devesse ter, era óbvio que deveria ter.

Eu também fiquei com essa pergunta absurda na cabeça: como ele viu o fantasma da mãe no espelho do banheiro do hospital se a mãe ainda estava viva? Ora, a pergunta é absurda, porque supõe que fantasmas existem. Ora, fantasmas não existem, a não ser como metáfora, certo? Ele não deveria ver qualquer fantasma.

Ou ele não teria visto nada, porque estaria apenas inventando tudo para me assustar? Talvez, surtando com a doença da mãe? Haveria quiçá outra razão, mais mórbida ainda? Não sei. Mas não nos precipitemos. Ainda. Fiquemos com o senhor Rocha mais perturbado do que nunca, preocupado mais com o que a mãe queria dizer para ele através do espelho do que se ela estava viva ou morta, se já era fantasma ou ainda gente, ou se a porra do fantasma existia ou não existia!

A senhora me desculpe, mas não sou eu que estou falando *porra*, foi ele que falou *porra*. Eu estou lhe contando apenas o que ele estava me contando. Também não sei por que o tal fantasma alucinado no espelho perguntava por que o filho nunca dedicara um livro para ele, fantasma, quer dizer, para ela, a fantasma da mãe, se ele nunca chegou a publicar um livro.

Pareço assustada? É que naquela hora eu estava de fato assustada, como se a minha razão, junto com os meus estudos, não me ajudassem em nada. Só nos resta voltar ao senhor Pedro e à sua conversa com a médica. A doutora lhe disse que os exames mostravam que a dona Amélia havia sofrido aquela hemorragia digestiva como consequência de uma cirrose hepática. A cirrose não seria resultado de alcoolismo, dona Amélia bebia no máximo suco de uva, mas sim de uma hepatite C antiga jamais curada.

Cirrose é um problema do fígado, isso mesmo. O fígado se regenera com o tempo, mas quando atacado por anos a fio pela hepatite, no caso, ou talvez também pelo ressentimento crônico, ele não se regenera, mas cicatriza, transformando seu próprio tecido em fibrose. Quanto mais extensa é a cirrose hepática, menor o número de células hepáticas funcionais, logo, maior o grau de insuficiência hepática. Para resumir, a cirrose é um estado de falência do fígado. Reconheço, portanto, que a minha hipótese de doença de Alzheimer estava errada, mas não tão errada assim.

O fígado é responsável por filtrar o sangue do corpo de substâncias tóxicas, como, por exemplo, a amônia, impedindo-o de chegar envenenado ao cérebro. Quando o órgão não consegue mais fazer essa filtragem, o sangue chega sujo ao cérebro, o que compromete os neurônios. Depois de certo tempo, o sangue nem passa mais pelo fígado, que o bloqueia, mas ou encontra, ou cria outros caminhos para passar — o que, por sua vez, o faz chegar ao cérebro ainda mais sujo, comprometendo ainda mais os neurônios da pessoa.

Esse comprometimento afeta até mesmo os hábitos cotidianos da pessoa, como cuidar do próprio corpo e da própria higiene. Com o tempo, gera-se confusão mental, o que deve ter levado dona Amélia a assinar os cheques no lugar onde deveria escrever o valor por extenso, ou mesmo a esquecer o nome do próprio filho — mas sem perceber que era isso que estava acontecendo. Logo, o caso da mãe do senhor Pedro não era Alzheimer, mas sim encefalopatia hepática — em resumo: demência. Quando a doutora disse ao filho que a mãe dele se encontrava demente, ele demorou a decidir se devia se sentir triste ou ofendido: "Como a dona de branco se atreve a chamar mamãe de demente?". O termo, no entanto, é tão técnico quanto encefalopatia.

Aos poucos, ele passou a entender os episódios que presenciava. A mãe não mais o reconhecia, pelo menos nos primeiros momentos. Esforçava-se para disfarçar que não sabia quem era aquele homem no seu apartamento, até conseguir arrancar do cérebro intoxicado a informação de que ele era o seu próprio filho, na verdade o seu único filho. Ela tinha comprometidas a memória recente e aquela de gestos rotineiros e programados, como assinar cheque e guardar dinheiro.

Depois de mais ou menos uma semana, a mesma médica deu alta à mãe do senhor Pedro, devolvendo-a à casa, mas não sem antes fazer uma série de recomendações ao senhor seu filho. Ele também deveria seguir com rigor as prescrições médicas, garantindo que ela tomasse os medicamentos certos nas horas marcadas, sempre nas horas marcadas. Ele deveria continuar conversando com ela, ou passar a conversar se não o fazia antes, para estimular o cérebro da mulher e retardar, pouco que fosse, o avanço da doença.

A recomendação principal, porém, era a de que ele não deveria, sob hipótese nenhuma, deixá-la sozinha no apartamento. Ela não só se sentiria angustiada, sem ninguém por perto para lhe dizer quem era e o que estava fazendo ali, como ainda arriscaria a própria vida, e quem sabe até a vida dos vizinhos. Ela poderia tentar sair de casa e não saber mais como voltar, perdendo-se para sempre. Ela poderia sair de casa não pela porta, mas sim pela janela do apartamento no 13º andar. Ela poderia, sem perceber, dar início a um incêndio na cozinha, no apartamento todo, até mesmo no edifício todo.

O senhor Pedro não podia deixar de trabalhar. Tinha idade para se aposentar, mas se o fizesse perderia muito dinheiro por mês, mais de metade do salário, o que o obrigou a contratar uma cuidadora para tomar conta da mãe durante o dia. Com isso, entretanto, acabou gastando um pouco mais da metade do salário. Quando ele chegava do trabalho, a mãe já estava dormindo. Na verdade, ela dormia a maior parte do tempo, mesmo de dia.

Aproveitando que ela dormia, ele mexeu nas gavetas dos muitos armários dos muitos quartos, surpreendendo-se ao encontrar bastante dinheiro escondido, que acabava virando dinheiro perdido. Junto com o dinheiro, encontrou também diversas joias, presentes sem dúvida do marido nos aniversários de casamento, misturadas com dezenas de pijamas e camisolas, a maioria ainda na embalagem que veio da loja. "Se precisasse", pensou, "poderia penhorar ou mesmo vender algumas daquelas joias", mas logo se sentiu culpadíssimo por pensar esse tipo de coisa.

A mãe, que já não conseguia preencher e assinar um cheque, passou a perder a noção do valor do dinheiro e da dimensão da herança deixada pelo marido. Esta herança não era desprezível, até porque incluía aquele apartamento enorme, que poderia ser vendido, se precisassem. Quando o filho lhe falou sobre essa possibilidade, apenas uma possibilidade, de fato o apartamento era muito grande para eles dois, poderiam muito bem comprar ou alugar um apartamento menor, a mãe entrou em pânico — ela se sentiu apavorada com a possibilidade de ficar sem dinheiro, sem comida e sem casa. O pânico da dona Amélia parecia reviver os terrores da infância pobre, misturados aos abusos de um pai ignorante e violento. Chegava a olhar para o senhor Pedro com a expressão aterrorizada, pois parecia ver não o filho, mas o seu próprio pai, aquele que, graças a Deus e a santo Antônio, morrera cedo.

É verdade, dona Amélia costumava considerar Deus e santo Antônio seus cúmplices, pelo menos até que eles, incompetentes, tivessem deixado o marido morrer antes dela. O filho, porém, estava mais preocupado com a dificuldade do acesso ao dinheiro na conta bancária em nome da mãe. Por isso, ele consultou um advogado, cujo escritório ficava no prédio ao lado daquele em que trabalhava, também no último andar, por acaso, o 13º andar.

Sei que essas coincidências de andar são inverossímeis, mas não posso alterar ou corrigir o relato dele. Eu conto o que ele me contou. Fosse como fosse, depois de ele descer pela escada os treze andares do prédio onde trabalhava e subir os treze andares do prédio ao lado, desta vez pelo elevador vazio, apenas ele e um ascensorista igualmente idoso, o senhor Pedro Rocha foi logo atendido pelo advogado que o esperava. Depois de avaliar a situação, o profissional o aconselhou a interditar a mãe e nomear a si mesmo, na qualidade de filho, como o curador, isto é, como a pessoa responsável por gerir os bens e responder pelos atos e pela responsabilidade civil da pessoa interditada.

Considerando o quadro que lhe era relatado, a usual perícia técnica não seria obrigatória. O advogado mesmo sacramentaria a interdição no apartamento deles, bastando a presença de uma testemunha. Na falta de outro parente próximo, além do filho, essa testemunha poderia ser a cuidadora, sem problema. O senhor Pedro decidiu então levar o advogado em casa no dia seguinte porque, enfim, sabia que a medida era necessária se precisava de acesso livre ao dinheiro da mãe para cuidar dela mesma. Ao mesmo tempo, pensava, nervoso, que não devia pensar que a ironia do destino lhe permitia uma espécie de vingança cruel contra a mãe que lhe recusara tanto amor.

De fato, ele pensava sem parar que não podia pensar daquela maneira, até porque a vingança seria cruel e também um tanto quanto inútil, se a velha senhora já tinha tanta dificuldade de entender o que estava acontecendo. No entanto, pensar sem parar que não podia pensar daquela maneira só garantia que não conseguisse parar de pensar daquela maneira. Por isso mesmo, a cena da mãe "assinando", com o polegar sujo de tinta, o termo de interdição, levou-o a um pico de pressão tal que a cuidadora, que era também enfermeira, precisou atendê-lo, deitando-o no sofá da sala e lhe trazendo água para tomar o comprimido regulador da pressão.

A mãe, em pé no meio da sala, virava a cabeça de um lado para o outro — do advogado para o filho, do filho para a enfermeira, e, depois, de volta para o advogado —, alternando o sorriso constrangido com a crispação da boca. A expressão confusa do seu rosto mostrava que ela ora via o advogado como uma visita importante, ora como um juiz que a estivesse punindo e humilhando sem possibilidade de defesa. Ver a mãe daquela maneira fez com que o filho alternasse segundos de euforia com eternidades de desespero, como se se sentisse ele também preso dentro da própria mente, ou dentro da própria culpa.

A doença da sua mãe tinha, é óbvio, razões físicas e biológicas, da hepatite à cirrose hepática e daí à demência, tudo bem — ou tudo mal, que seja. Essas razões, todavia, não me afetavam tanto quanto ver o filho remodelando a doença da mãe, como que para agradar ou responder à própria culpa.

Nos fins de semana, o senhor Pedro continuava a me contar, ele dispensava a cuidadora, o que o obrigava a ficar em casa para cuidar da mãe. Bicho do mato e antissocial como era, ficaria em casa de qualquer modo, mas que isso fosse uma obrigação o levava a pensar e dizer que ele se sentia obrigado a ficar em casa nos fins de semana só para cuidar da mãe. Nesses fins de semana, como a mãe, doente, passava a maior parte do tempo dormindo, o trabalho de cuidar dela era bem menor do que o filho imaginava que seria. Entretanto, de quando em quando, ele precisava acordá-la para levá-la ao banheiro, o que se lhe mostrava um sofrimento inenarrável.

Sofrimento, porque na minha frente ele se contraía todo, fazendo-me imaginar como seria a cena ao vivo e a cores. E inenarrável, porque ele gaguejava ene vezes mais, como se eu estivesse arrancando a sua história a fórceps. Depois de muito hor-horro-rror, que-que hor-horro-rror, ele mudou de assunto e falou do sorriso.

Do sorriso que ele não esperava. Do sorriso que ele nunca, jamais, em tempo algum... pigarreou e continuou, dizendo que não se lembrava de jamais ter visto, no rosto da mãe, sorriso tão aberto, tão iluminado.

Quando certa hora foi acordá-la, não para que ela fizesse as suas necessidades, mas sim para que tomasse os remédios na hora certa, ela abriu os olhos devagar, virou a cabeça e, de repente, sorriu — sorriu o sorriso mais aberto do mundo, como se a simples presença do filho a acalmasse e a confortasse, devolvendo os sonhos perturbadores ao lugar escuro de onde nunca deveriam ter saído. A surpresa deixou o filho tão feliz que ele, talvez pela primeira vez na vida, quis abraçá-la e beijá-la, pensou até mesmo em dizer que a amava, enquanto uma lágrima se libertava do olho e ameaçava escorregar pelo rosto.

No entanto, sem aviso prévio, ela pronunciou, com a voz rouca, um outro nome. Um nome que não era o dele. Porque, ao vê-lo, ela enxergava não o rosto do senhor Pedro, mas sim o rosto do pai dele, ou seja, do seu marido, morto anos atrás.

Naquele momento, ele engoliu de volta a lágrima, antes que caísse. Esforçou-se para respirar como se não fosse conseguir, mas acabou conseguindo. Levantou a cabeça da mãe com cuidado, com medo de desmanchar os ralos cabelos grisalhos. Colocou debaixo da sua cabeça dois travesseiros e, na boca, os comprimidos. Ajudou-a a beber o copo de água. Ela tomou os remédios com dificuldade, enquanto a sua expressão se apagava.

Ela não falava nada há vários dias, mas, de repente, disse: "Você não é".

"Você não é."

"Não. Não sou."

"Não sou", ele pensou e retrucou, baixinho: "Você também não é, você também não é quem era. Você também nunca foi quem devia ser".

Ela apenas olhou para o nada atrás dele.

Ele pensou em pedir desculpas por não ser, quem sabe ela ainda o entendesse e o perdoasse. Mas não conseguiu fazê-lo. Na verdade, seu espírito dramático, herdado da mãe, o levaria a pedir um perdão tão dramático quanto — mas o perdão ficou entalado na garganta.

Se falasse naquele momento, talvez pudesse juntar alguns cacos e outros tantos estilhaços. Mas não. Não pôde. Não falou. Se ele pudesse juntar os cacos e os estilhaços, mas não. Não podia.

O quebra-cabeça só ficava ainda mais quebrado. A xícara de porcelana só ficava ainda mais inútil, espalhada aos pedaços no chão da cozinha. Todas as fraturas expostas ficavam ainda mais expostas. As melhores lembranças, como as lembranças que ela mesma tivesse antes da doença, ou mesmo depois de morta, se tal fosse possível, se transformavam em flocos de nuvem, depois em flocos de flocos de nuvem, e logo em nada.

Restou a memória inflamada do sorriso iluminado que não o iluminou — porque não era para ele.

Capítulo 4

Na conversa passada, deixamos Pedro com a memória do sorriso da mãe que ele achava que nunca vira antes e que não era dirigido para ele — até porque ele já vira, sim, aquele mesmo sorriso, muitos anos antes de acordar a mãe para lhe dar os remédios.
Quando?
Creio que quando ele era um bebezinho. Não se lembraria da cena, é claro, mas algum parente, provavelmente o pai, capturou, numa fotografia, o instante em que a mãe do bebê Pedro o levantava sobre a cabeça, rosado e pelado, o piruzinho solto no ar. Nós não vimos a imagem, mas não importa, porque o filho a viu e a guardou na memória. De acordo com a descrição que ele fez de ambas as cenas — da jovem Amélia e da Amélia doente —, o mesmo sorriso as iluminava, bem como todos à sua volta.
A senhora percebe? O sorriso feliz da fotografia foi sim direcionado para o filho. Quem nos garante que o segundo

sorriso também não o tenha sido, com dona Amélia chamando pelo nome do pai, onde quer que ele estivesse, para lhe dizer algo como: "Veja, amor, é o nosso filho!".

Ninguém garante.

Pois também sorri quando li, ontem à noite, um conto incrível. Esse conto também traz uma espécie de fantasma de mãe. Hoje, a senhora não precisa se preocupar, eu lhe conto o conto. Se cá estou lhe contando uma história, posso muito bem lhe contar outra. O conto em questão se chama "Sonata". Ele foi escrito por um homem chamado Érico Veríssimo, a senhora já deve ter ouvido falar. Não, ele morreu há muitos anos — este que a senhora pensou é o filho dele, um humorista da melhor qualidade.

O conto do Érico Veríssimo traz como personagem um pobre professor de piano — pobre, no sentido financeiro mesmo. A história se passa em 1940, no primeiro ano da Segunda Guerra Mundial. Esse professor, ao pesquisar jornais velhos, descobre, num exemplar de 1912, ou seja, do ano em que ele mesmo nasceu, um anúncio pedindo um professor de piano para lecionar para uma moça de família, numa "casa antiga, com um anjo triste no jardim".

Sem saber bem por que, o moço vai procurar a casa antiga no endereço do anúncio e, para sua surpresa, a encontra — com o mesmo anjo triste no jardim. Ele bate à porta e é recebido por uma mulher, vestida à moda antiga, tão antiga que ela se parece com a sua mãe. A mulher, que também se mostra rígida à moda antiga, lhe passa as condições para que ele possa ensinar piano à sua filha. A principal condição é não lhe faltar com o respeito.

Espantado, mas não muito, o personagem pergunta à dona da casa em que ano se encontram. A mulher estranha, mas responde: "1912, é claro". Ao cair daquele jeito no passado, e justo no ano em que nasceu, o professor fica maravilhado e não pergunta mais nada, para não quebrar o feitiço: "o que aconteceu é impossível, portanto não preciso dar explicações a ninguém nem a mim mesmo".

Na verdade, ele só quer conhecer a sua futura aluna. Quando ela entra na sala, toda vestida de branco, o músico percebe que a moça se parece "com a misteriosa imagem de mulher que costumava visitar os meus sonhos, e cujo rosto eu jamais conseguira ver com clareza".

A menina, que se chama Adriana, será a inspiração para a sonata que ele começa a compor a partir daquele instante, na pensão em que mora, mas em 1940 — nessa inusitada história, o tempo se torna uma espécie de espaço. Em poucos dias, o professor de piano termina a sua "Sonata em Ré Menor". Ele volta à casa do anjo triste no jardim — isto é, volta a 1912 — e a dedica a Adriana, revelando o seu amor por ela. Descobre então que a moça dos seus sonhos, embora encantada com o professor, já estava comprometida com outro homem, escolhido por sua mãe. Ela se casaria em breve, e nenhum gesto de ambos poderia alterar o que já havia acontecido.

Na hora em que o professor de piano se revolta e exclama que a mãe de Adriana não podia fazer isso, ela entra na sala e o expulsa da casa. O frustrado compositor não consegue mais voltar à casa antiga, porque ela desaparece no tempo. Quando tenta voltar lá, ele encontra um prédio de apartamentos no lugar. Preso de volta no seu próprio tempo, o professor de piano descobre, nos mesmos jornais antigos, a notícia do casamento da "sua" Adriana, e, alguns anos depois, em 1919, a dupla notícia do nascimento da sua filha, seguida da morte da mãe no parto. A notícia ainda traz o convite para o enterro.

Nesse momento, ele decide visitar, no Cemitério da Luz — belo nome para um cemitério —, a sepultura do seu amor perdido. Quando chega em frente ao jazigo, surge a filha de Adriana. A jovem, que também se chama Adriana, está então com 21 anos. Ao saber que o estranho é um professor de piano, ela decide, num gesto de ousadia — como se realizasse o desejo da mãe que nem conheceu —, convidá-lo a ir até a sua casa. Ao chegar na sua casa, a segunda Adriana lhe pede que toque uma música de sua autoria, no piano que herdou da mãe. Ele começa a tocar a sonata que compôs para a mãe daquela Adriana.

De repente, a menina dá um grito, sai da sala e volta trazendo um papel de música amarelado, no qual o nosso personagem reconhece, comovido, a sua "Sonata em Ré Menor", com a dedicatória na sua própria letra. A filha da primeira Adriana, que também tocava piano, pede que ele se explique, porque aquela música teria sido escrita, há mais de vinte anos, por um admirador da sua mãe. O professor então pede perdão e inventa que talvez tivesse ouvido a melodia há muito tempo e, depois, esquecido dela, até o dia em que a sonata voltou à sua memória, como se ele mesmo a estivesse compondo.

De maneira surpreendente, a jovem aceita a explicação canhestra e lhe diz que, ao vê-lo no cemitério, teve a impressão de já o conhecer. Pergunta-lhe, então, se acredita em pressentimentos, ao que ele responde com um: "Sempre".

Insinua-se novo romance, agora no tempo certo, mas o professor e compositor se apavora: "Senti então que agora, mais que nunca, eu corria o risco de perder para sempre o meu sonho. Veio-me um terror quase pânico do futuro. Ergui-me, apanhei o chapéu, e saí daquela casa para sempre".

Concordo. Muito triste. Mas, por causa disso mesmo, é lindo. Se tivesse tido uma filha, eu a chamaria de Adriana, só por causa desse conto. "Terror quase pânico do futuro" é uma bela expressão, nesse caso igualando futuro a felicidade: para o personagem, é melhor ficar com a memória do vislumbre de uma felicidade impossível, do que com a realização de uma felicidade possível, mas que poderia manchar a sua lembrança da outra Adriana.

Eu trouxe essa história para a nossa conversa não apenas porque é linda, mas também porque temos aqui uma variante sofisticada das histórias de fantasma. Mãe e filha parecem uma o fantasma da outra, atravessando o tempo conforme o simpático professor de piano viaja do presente para o passado e, depois, de volta para o seu presente. A Adriana de 1912 teria, na verdade, ou melhor, nesta ficção, a idade da própria mãe do compositor — logo, a representaria de algum modo. A Adriana de 1940 aparece para ele no início da Segunda Guerra Mundial, representando, talvez, o tumulto de suas próprias guerras internas, de suas próprias paixões, e ainda o seu futuro — futuro este que, como vimos, o assustou sobremaneira.

Eis que a senhora me pergunta: por que há tantas histórias de fantasma? Por que estou lhe contando uma história de Adrianas fantasmas? Por que o senhor Pedro Rocha não consegue deixar de ver o fantasma da própria mãe? Por que eu estou aqui lhe contando a história desse homem que não consegue deixar de ver o fantasma da mãe? Tantas perguntas!

Suponho que haja tantas histórias de fantasma porque os fantasmas dão forma, ainda que a forma instável de uma nuvem fugaz, a um fenômeno intrigante e paradoxal chamado "presença da ausência". O caso do fantasma da mãe é óbvio — ao perder a mãe, o filho passa a senti-la mais presente do que nunca.

Entretanto, tentemos pensar em termos mais gerais. Imagine que a senhora cuida de um velho pai doente.

Não quer imaginar uma situação dessas? Compreendo. Não precisa se desculpar — de fato, eu a compreendo. Eu é que lhe peço desculpas, o meu exemplo não foi bom. Sugiro então que imagine alguém que cuide de um velho pai doente, alguém que a senhora não conhece. Assim ficou mais fácil, não é mesmo? Essa pessoa acaba se acostumando a não pensar muito no pai, reduzindo seu afeto tão somente à obrigação moral de cuidar daquele homem. Aos poucos, o pai vai se transformando numa espécie de velha mobília da casa — digamos, numa poltrona meio esfarrapada, a espuma saindo por pequenos rasgos do tecido.

Um dia, o homem morre e é enterrado. Dias depois, a tal pessoa começa a chamá-lo pela casa — como se ainda estivesse vivo, e como não o fazia há muito tempo. Aos poucos, começa a vê-lo, de relance, sentado naquela mesma poltrona esfarrapada. Sente falta dele, e tanta que o sente presente — mais presente do que antes, talvez mais próximo do que nunca.

Essa presença fenomenal da ausência é que cria os fantasmas, se a senhora me entende. Por isso, não existem fantasmas apenas de seres humanos. Podem existir fantasmas de pedaços de seres humanos. Se a alguém lhe amputam a perna, por exemplo, logo passa a sentir dor e até coceira no membro amputado. Vira um membro-fantasma. Podem existir fantasmas de animais de estimação, como sabem aqueles que trocam o nome dos seus bichinhos, chamando sempre pelo labrador que morreu há muito tempo e provocou tantas lágrimas. Podem existir fantasmas de coisas, fantasmas de florestas, cidades-fantasmas, quiçá navios fantasmas — por sua vez levando consigo outros tantos fantasmas, entre passageiros, marinheiros ou piratas.

Por favor: guarde a história de "Sonata" no seu coração. Esse conto é uma preciosidade. Agora voltemos a falar do meu paciente, que chegou para a sua quarta consulta com a mesma velha jaqueta jeans, com a mesma caveira costurada no bolso superior esquerdo, lá da primeira consulta. Procurei alternar o olhar, de modo meio acintoso, entre a caveirinha da jaqueta e a minha caveira de estimação, em cima da mesa, para ver se ele fazia algum comentário e me permitia relacionar uma com a outra. Eu precisava entender como ele lidava com a morte.

Claro, falo de emoções inconscientes. Entretanto, ele não pareceu notar meus olhares, ou então fingiu muito bem, talvez porque não quisesse falar nada a respeito das suas caveiras. Mas, se isso fosse verdade, por que vinha me encontrar com uma caveira atrás da outra?

Até morrer, vivemos como se fôssemos viver para sempre. Quem morre são sempre os outros, não é verdade?

Quando morre alguém muito próximo, como mãe ou pai, sentimos essa morte não apenas como uma perda irreparável, mas também como uma ofensa. Como, você morreu, sem mais nem menos? Só para me lembrar de que eu também vou morrer? Não! Não quero morrer! Passado o surto de onipotência, acrescentamos: pelo menos, não agora. Hoje, não. Agora, não. O problema é que só se morre agora — nem antes, nem depois. Não sabemos quando vamos nascer, e a rigor não lembramos nada de quando nascemos. Da mesma maneira, não sabemos quando vamos morrer, logo, não seremos capazes de lembrar que morremos. Enfim: nós não sabemos nem saberemos nada, sobre o fim ou sobre o começo, da gente ou do mundo. A questão da morte é depois — se há um depois e, se houver, como seria esse depois.

O poeta português diria que a morte é uma espécie de curva na estrada, quando, de repente, nos tornamos invisíveis. O escritor mineiro diria que a gente morre para provar que viveu, porque na verdade as pessoas não morrem: elas ficam encantadas. Prefiro ficar, no entanto, com a frase fria de um dramaturgo norueguês: quando despertarmos entre os mortos, perceberemos que nunca vivemos.

Imagine a senhora essa situação. Imagine, apenas por hipótese, que o fantasma da mãe do senhor Pedro exista e, ao acordar no meio dos mortos, sinta uma vontade desesperada de viver, por perceber que, até ali, a sua vida não valeu — e que, a partir dali, a sua vida não vale mais. Essa seria uma boa razão para os fantasmas serem representados, na literatura e no cinema, tão perdidos e angustiados. Duro, não? Tão duro quanto aquela inscrição no cemitério de Évora, em Portugal: "Nós, ossos que aqui estamos, pelos vossos esperamos". Duro, mas genial: nós, os ossos, esperamos pelos vossos — ossos.

No fundo, o que se teme, na morte, é perder o futuro que, na verdade, não temos nem nunca tivemos. Por isso, diria a escritora que se dizia bruxa: morrer é um instante, logo passa. O que me leva a lhe fazer uma pergunta um pouco incômoda: o que a senhora quer ser quando morrer? A senhora ouviu direito: perguntei o que quer ser não quando crescer, mas sim quando morrer. Quer ser lembrada pelas pessoas? Quer continuar a "viver" na memória dos outros, como prezam os judeus? Quer que a esqueçam o mais rápido possível, para poder desaparecer para sempre? Ou quer se transformar num fantasma, para assustá-las de dia e apavorá-las à noite? Tem razão. Uma pergunta difícil, como essa, não se responde. Então, quem sou eu? Quem é a senhora? Ninguém deve tentar responder a essas perguntas também. A gente pode apenas ficar pensando a respeito.

Sabe, não fiz nenhuma dessas perguntas ao senhor Pedro. Como nada lhe foi perguntado, ele começou a nova consulta reclamando dos problemas da velhice, como se eu fosse uma geriatra e não uma psicanalista. Desenrolou uma longa lista de mazelas, como obesidade, cansaço, disfunção erétil e fissura anal, entre outras. Arrematou com aquela blague típica de senhores de idade: "A velhice é uma merda". Não me contive e respondi: "Não, não é". "Como, não é?", ele perguntou, espantado.

Naquele momento, me lembrei da palestra de uma escritora, que ouvi anos atrás. Ela dizia: "A merda é dizer que a velhice é uma merda, porque a velhice é antes um privilégio. A velhice é um privilégio que nos empresta mais tempo para sentir, mais tempo para pensar, mais tempo para lembrar, mais tempo para sorrir, e mais tempo para ver o sorriso dos outros". Essa escritora, a propósito, escreveu um intrigante microconto, chamado "Porto", que poderia servir de epígrafe para a nossa história, caso ela algum dia se tornasse um livro:

*E o navio fantasma atracou
na terceira margem do rio.*

Talvez dona Amélia esteja agora neste navio, procurando a mítica terceira margem do rio. Ela procuraria, ao mesmo tempo, o amor do pai, que a machucou no fundo da alma e do corpo, o amor do marido, que a abandonou ao morrer, e, por fim, o amor do filho, que lhe declarava apenas o próprio ressentimento.

Fosse como fosse, o senhor Pedro ficou desconcertado com a minha interpelação e mudou de assunto, resolvendo me contar sobre o livro que escrevia há várias décadas. Enfim, podemos falar desse livro. Ele me disse, abre aspas: "Queriam que eu fosse um escritor, logo, eu precisava escrever um romance", ponto, fecha aspas. Desse modo, reforçou a ideia que não era ele quem queria ser um escritor, mas sim os outros que queriam que ele o fosse. Os outros, todavia, resumiam-se à outra, isto é: à mãe. Compelido por essa mãe, ele começou a escrever o romance da sua vida na hora em que decidiu prestar vestibular para a faculdade de Contabilidade.

Com isso, ele queria provar que uma coisa era uma coisa e que a outra coisa era outra coisa. Os estudos de Matemática e Estatística não o atrapalhariam a escrever o romance, porque liberariam a sua imaginação para se concentrar na história que iria criar. Na prática, não foi bem isso o que aconteceu, já que o senhor Pedro não concluiu o romance, nem mesmo depois de mais de quarenta anos escrevendo-o e reescrevendo-o.

Porém, quando ele me disse o título do livro, quase não consegui esconder o susto. O título atribuído à história desde quando ele rabiscou as suas primeiras linhas, e que nunca alterou, embora tenha alterado o enredo umas mil vezes, era: *Feminino de mim*. A senhora lembra de outro título parecido?

— Sim, parecido — mas não igual. Veja, este não é o mesmo título do romance que eu queria ter escrito. O título do romance que eu queria ter escrito, e nunca escrevi, era: *Masculino de mim*. De toda maneira, sinistro. Neste caso, tudo se espelha e ao mesmo tempo se inverte, como fazem os próprios espelhos.

O senhor Rocha não me mostrou nenhuma cópia do seu suposto romance, embora eu tenha pedido mais de uma vez. Respondia sempre que ainda não estava pronto, como se fosse viver para sempre. Contudo, no lugar de resolver que direção dar à sua história e enfim escrevê-la, ele fantasiava sobre as críticas que o romance receberia.

Imaginava, por exemplo, que o seu *Feminino de mim* seria considerado a prova incontestável de que o caminho da experimentação não seria o único, mas com certeza o melhor que a ficção brasileira contemporânea poderia trilhar. O jovem autor, diriam mesmo que ele não fosse mais tão jovem, explora o lirismo e o maravilhamento dos verdes anos sem que o enredo resvale para a pieguice, contrabalançando melancolia e tristeza de maneira singular. Por isso, o ritmo da narrativa, sincopada e elíptica, feita de frases fragmentárias e plenas de frescor, seria igualmente singular.

Um romance como aquele exigiria, segundo os críticos imaginários do senhor Pedro, um leitor menos dado ao embalo da ação do que ao sabor da linguagem, logo, um leitor apto a ruminar e degustar o intimismo sombrio que perpassaria os sete capítulos, seriam sempre sete os capítulos. Nessa obra-prima, a concisão da novela se harmonizaria aos recursos da poesia para alcançar a profundidade da melhor literatura. Na história, o compromisso com o divertimento, representado por uma festa junina que nunca acaba — assim como o autor nunca termina o romance, eu acrescentaria —, se transmutaria em mergulho na dor e no desconcerto, silenciando os sentimentos essenciais.

O protagonista deste estranho romance que eu não li, e que a senhora também não lerá, seria e ao mesmo tempo não seria uma espécie de *alter ego* do autor. No romance, ele também se chamaria Pedro, mas não replicaria a sua condição de filho único, porque o enredo partiria do nascimento de um irmão seu, por sua vez gêmeo da irmã de ambos que teria nascido morta, no paradoxo dos paradoxos. A mãe de ambos também morreria, em decorrência das complicações do parto da menina gêmea, antecipando dessa maneira o fantasma da mãe de que estamos tratando.

A tal festa junina que jamais acaba garantiria que os meninos crescessem numa noite eterna, mas iluminada apenas por balões japoneses, o que reforçaria o luto da família, retratada não como berço da felicidade, mas sim como fonte da inabilidade para o cultivo da alegria. Ao dizer, por fim, que o enredo não resvalaria para a pieguice, o crítico imaginário do nosso autor mostrar-se-ia, com mesóclise e tudo, condescendente com esse romance que ainda não teria sido escrito, uma vez que o pouco que ambos, autor e crítico imaginário, me contaram, é tão doce que gruda na boca como mel grosso.

Pela primeira vez, me senti contente por não haver escrito o meu *Masculino de mim* — eu morreria de vergonha depois. O narcisismo já se trai desde o título, não apenas pela expressão *de mim*, mas também pela ideia geral de masculino de mim, no meu caso, e de feminino de mim, no caso dele. Falar de um suposto outro dentro de nós, até do outro sexo, é falar mais ainda de si mesmo, sem parar nunca.

A pieguice, na chamada vida real, se define pela proliferação exaustiva de clichês do amor e do bem, como os de que só o amor constrói, ou de que só a verdade liberta. Contudo, o ódio também constrói grandes obras, assim como a mentira liberta tantos culpados. A pieguice na literatura, por sua vez, se define pelo esforço, também exagerado, de provocar o maior número possível de lágrimas no maior número possível de leitores. Na verdade, penso que os homens são muito mais propensos à pieguice do que nós mulheres: eles estão sempre querendo reviver o colo que nunca tiveram, para deixarem escorrer as lágrimas de crocodilo que ficaram presas dentro das suas mentes limitadas.

Concordo que eu não seja uma pessoa "comovível": eu não quero, eu não posso chorar. O meu lema pode ser: "meninas não choram". Os meninos que se explodam em lágrimas de esguicho, como diria o nosso dramaturgo. Quem lacrimeja piegas, se chame Rodrigo, Pedro ou Bernardo, é sempre o macho.

Depois dessa conversa meio molhada, retomei com o senhor Rocha o aparecimento do fantasma da sua mãe no espelho daquele hospital que a atendeu, quando ela teve uma hemorragia digestiva causada pela cirrose hepática. Brusca, voltei ao assunto para melhor surpreendê-lo, perguntando de chofre se ele não achava estranho que o fantasma da sua mãe tivesse aparecido quando ela ainda estava viva. Para minha própria surpresa, ele contou que o fantasma não apareceu apenas naquela hora, mas ainda umas três ou quatro vezes antes da morte da mãe.

A mãe, ou como fantasma, ou como espectro, ou como o que quer que fosse, apareceu antes do seu próprio falecimento, tanto no espelho do banheiro social do apartamento deles, que era o que ele usava, quanto no espelho do banheiro do 13º andar do edifício em que ele trabalhava. Quando ela apareceu no banheiro do apartamento fazendo a mesma pergunta do hospital — por que o filho nunca dedicara um livro para ela —, ele correu para o quarto para ver se a mãe ainda estava viva.

Estava. A mãe continuava deitada na cama e dormia, embora com a respiração difícil. O filho voltou correndo para o banheiro, para ver se o fantasma permanecia no espelho. No entanto, ele voltou a ver apenas o próprio rosto assustado. A sensação de ver apenas a si mesmo misturava alívio e frustração, porque ele também queria saber quem ou o quê era aquilo, afinal. Tentou se lembrar da imagem, mas, quando o fantasma apareceu, o espelho estava bastante embaçado, como se as torneiras da água quente, tanto da pia quanto do chuveiro, tivessem sido abertas ao mesmo tempo. Apesar do espelho embaçado, o filho não tinha dúvida de que vira a mãe no espelho daquele banheiro, embora aquela visão não fizesse sentido algum, se a mãe continuava dormindo na cama. "Era a minha mãe, sim", ele insistia, "mas bem antes da doença, e ainda um tanto mais nova". O cabelo, por exemplo, se mostrava maior e mais volumoso do que o da mãe adoentada, cada vez mais ralo por conta da medicação.

Depois a mãe, ou melhor, o fantasma precoce da mãe, reapareceu, dessa vez no espelho do banheiro da firma em que ele trabalhava. Ao contrário da maioria dos demais funcionários, segundo seu próprio depoimento, o senhor Pedro Rocha ia pouco ao banheiro da empresa: ele sempre foi muito contido, urinariamente falando. Entretanto, certo dia, tinha se segurado muito tempo, muitos processos sobre a mesa, tantos cálculos para refazer, acabou se levantando quando não aguentava mais e saiu correndo para o banheiro. A sua corrida atraiu os olhares divertidos dos colegas, com os quais, aliás, ele mal trocava meia palavra. Pouco preocupado com aqueles olhares, segundo ele, ou constrangidíssimo com tais olhares, como imagino, ele mal se segurou para não fazer xixi nas calças.

Ao terminar de urinar, aliviado, suspirou e se virou para lavar as mãos na pia. Naquela hora, viu, no espelho, a mãe. A sua primeira reação foi perguntar a ela o que estava fazendo no banheiro masculino do trabalho dele. A sua segunda reação foi perceber que a primeira reação não tinha sentido: a mãe estava do outro lado do espelho, ou seja, não se encontrava dentro do banheiro dos homens. A sua terceira reação foi lembrar que a segunda reação também não tinha sentido, se fantasmas não existem, ou pelo menos não deveriam existir, muito menos o fantasma de uma pessoa que ainda estava viva e, portanto, não teria se transformado ainda em fantasma — isso, se fantasmas existissem, claro.

A ressalva é necessária, preciso repeti-la ene vezes. Todavia, como no hospital e no apartamento, o surgimento do fantasma não significava que a mãe estivesse morta — sempre supondo que fantasmas existam, porque, ao menos dentro do relato do meu paciente, eles existem e nos assustam. Naquele momento, ele deu por estabelecido que a mãe ainda estivesse viva na sua cama, logo, ele não precisaria correr para casa para confirmar o fato. Em função dessa convicção, ele esperou que a mãe do espelho perguntasse de novo por que ele nunca tinha dedicado um livro para ela, para que então pudesse retrucar que não conseguira terminar o seu primeiro e único livro e, menos ainda, publicá-lo — logo, nem chegara à parte da dedicatória, aquela que os autores em geral escrevem por último.

No entanto, o fantasma não falou nada, mas de repente bateu, com toda a força, as palmas das mãos no lado de dentro do espelho, enquanto todo o resto do seu corpo, quer dizer, do reflexo do seu corpo, se embaçava todo. Apavorado, o senhor Pedro recuou três passos para trás até bater no mictório e escorregar no chão molhado e cair de costas. Assustado, molhado e enojado, tudo ao mesmo tempo, ele se levantou a tempo de ver que não só o fantasma havia ido embora, como que o espelho não estava mais embaçado, ao contrário: parecia claro e limpo.

Que delírio recorrente é este, eu também me perguntava. Se ele estava dizendo a verdade, porque sempre fica aberta a possibilidade de o paciente mentir, o seu suposto delírio era bastante estranho. De novo, precisamos repetir que fantasmas não existem, e que, se existissem, não haveria fantasmas de gente ainda viva, e que, se houvesse fantasmas de gente ainda viva, eles não estariam presos em diferentes espelhos, justo na hora em que as coitadas das pessoas fossem lavar as mãos.

Maluquice — mas maluquice é parte essencial do meu trabalho. A questão é que a fantasia do meu paciente se mostrava tão recorrente quanto consistente. Já eram três as aparições, em três espelhos diferentes. Nas duas primeiras vezes, o fantasma perguntou por que ele nunca dedicara um livro a ela, embora ele nunca tivesse publicado um livro. Já na terceira vez, o fantasma o surpreendeu ao não perguntar nada e, de repente, bater palmas dentro do espelho com toda a força.

É engraçado falar "bater com as palmas das mãos no lado de dentro do espelho", como se os espelhos tivessem um "dentro". Tal qual as folhas de papel, os espelhos não têm lado de dentro, apenas parece que têm. Essa é uma das várias ilusões provocadas pelos espelhos. Outra é que eles nos enganam, fingindo que mostram o nosso rosto como ele é, mas só que não. Se prestarmos bastante atenção à imagem "do lado de lá", o que não fazemos, veremos que o espelho nos devolve um rosto menor do que o nosso, e ainda por cima invertido: esquerda vira direita e direita vira esquerda. Se continuarmos prestando atenção, o que seria ainda mais raro, veremos que aquele rosto vai se tornando, aos poucos, mais feio, depois mais feio ainda, depois ainda mais feio, até se mostrar monstruoso — como se revelasse o monstro que se esconde dentro da gente.

Esse monstro é horroroso de doer. A senhora talvez não acredite nisso, porque a senhora, como a maioria das pessoas, nunca se olhou para valer no espelho. Vocês não conhecem esse exercício psicoterapêutico simples, mas perturbador, que nos orienta a nos olharmos no espelho pelo maior tempo possível e com a maior atenção possível, enquanto esvaziamos a mente. O exercício é tão forte que se recomenda aos pacientes não se arriscarem sozinhos na frente de um espelho — os mais impressionáveis podem se dissociar. Em outras palavras: podem "esquizofrenizar". A resultante divisão da personalidade em mais de uma personalidade, às vezes em várias, fabrica fantasmas vivos — espécies de duplos, ora opostos, ora complementares, ao sujeito esquizofrênico.

Esquizofrenia?

Seria este o meu diagnóstico para o senhor Pedro Rocha?

Eu acreditava que não, depois tive certeza de que não. Desde o início, o problema me pareceu outro, mas eu mesma não o conseguia enquadrar na atual Classificação Internacional de Doenças. Outra questão me atormentava: e se não se tratasse de uma doença, mas sim de fenômeno bem diferente — todavia, qual?

Fantasmagoria?

É um bom nome, até rima com esquizofrenia, mas serve como nome técnico? Na verdade, a esquizofrenia não deixa de ser uma fantasmagoria, isto é, uma produção mais ou menos descontrolada de fantasmas. Cada personalidade independente do esquizofrênico "vive" como um fantasma da sua personalidade original, dando forma, símbolo e gestos a diferentes horrores e pulsões, muitas vezes misturando estas com aqueles.

Bem pensado, também me lembrei de *Psicose*, aquele filme do Hitchcock. Dizem que em Portugal traduziram *Psycho* como *O filho que era mãe*. Maldade com os portugueses? Provável, mas engraçado assim mesmo. O filho incorpora o espírito da mãe, embora não no sentido espírita do termo, mas sim no sentido psicótico.

Já o nosso senhor Pedro Rocha não é nenhum Norman Bates tupiniquim. Ele não se transforma na própria mãe, mas a vê em tudo que é espelho antes mesmo do seu passamento final. Quase como se ele, ou não aguentasse esperar por esse momento, ou não suportasse pensar como viveria depois desse momento — depois da morte dessa mãe tão onisciente, tão onipresente e tão onipotente.

Por que ele escolheu uma e não um psicanalista, a senhora me pergunta. Talvez porque o inconsciente seja mais esperto do que a gente. Se ele queria resolver o seu problema com a mãe, faria todo o sentido procurar uma mulher para se tratar com ela. Se descarregasse em mim os seus complexos, frutos da relação com essa mãe, ele poderia, quem sabe, enfrentá-los melhor. Claro, isso dependeria da minha competência em permitir a transferência dos afetos truncados, mas sem misturá-los com os meus próprios afetos.

Mas, não. Não foi o que aconteceu, e não por causa dos meus afetos, truncados ou não. O fantasma da mãe não era esse tipo de fantasma. Ele não permitiu transferências ou enfrentamentos. O fantasma da mãe não permitiu quaisquer tratamentos.

O filho da dona Amélia não tinha nenhuma chance. Eu não tinha nenhuma chance.

Sem saber, entretanto, se teríamos ou não alguma chance, o senhor Pedro resolveu voltar do trabalho para casa, quer dizer, para o misto de apartamento e labirinto em que vivia, decidido a dedicar um livro para a mãe. Naquela hora, não importava se ele ainda não havia publicado nenhum livro na vida, não importava que o fantasma da mãe dessa vez não houvesse perguntado por que ele nunca dedicara um livro para ela, não importava se os fantasmas existiam ou não existiam. Nada disso importava. Só importava acalmar aquele fantasma específico que aparecia apenas nos espelhos. Mas o que escreveria, na dedicatória, para que não fosse hipócrita?

"Àquela que me atormentou desde que nasci?"

"Àquela que me deu à luz para que pudesse dar este livro ao mundo?"

Alimentava tal dúvida atroz quando, saindo do banheiro, esbarrou com a moça do carrinho de metal dos processos, derrubando no chão, espalhados, as pilhas de pastas, o carrinho, a moça e ele mesmo. A cena caberia melhor numa comédia pastelão do que numa história de fantasmas esquizofrênicos, mas não me cabe minimizar, exagerar ou censurar a narrativa do meu paciente.

Imagine a senhora a moça do carrinho, supostamente jovem e bonita, conforme o seu relato, esforçando-se para se recompor ainda no chão, puxando para baixo o vestido de modo a não mostrar a sua peça de roupa mais íntima para aquele senhor — aquele senhor que, deitado no chão, já virava sôfrego a cabeça para ver o que ela não queria que ele ou mais ninguém visse.

Imagine ainda a senhora aquelas cabecinhas burocráticas se espichando para fora das baias, para melhor testemunhar o acidente. Pelo relato do senhor Pedro, nem ele, nem a moça do carrinho, nem nenhum outro funcionário, ninguém falou uma palavra. Enquanto as demais cabeças se esticavam e ele e a moça tentavam se levantar, mas escorregavam de novo nos papéis, o silêncio à volta daria a impressão, a qualquer observador, de que ficara surdo. Ela conseguiu se levantar bem mais rápido do que ele, deixando-o sem o consolo de lhe oferecer a mão e ajudá-la. A moça não tentou ajudá-lo, para não perder a oportunidade de olhá-lo de cima, enquanto ele se esforçava, sem muito sucesso, para se erguer.

Quando conseguiu se levantar, depois de ter rasgado quatro ou cinco processos com os pés e os joelhos, estendeu a mão para ajudá-la, como se ela ainda estivesse esparramada no piso. Recolheu-a incontinenti, atrapalhado, ao perceber que a moça do carrinho dos processos não estava mais no chão. Ela já havia recuperado o equilíbrio, a postura e a dignidade, olhando-o de cima a baixo e de baixo a cima, como se assim conseguisse reduzi-lo ao cocô do mosquito do cavalo do bandido. Enquanto recolhia a mão e a esfregava na calça, o senhor Pedro tentou se desculpar, mas conseguiu tão somente gaguejar algumas palavras soltas.

No esforço de se expressar, ele levantou os olhos e olhou para a moça de perto, pela primeira vez em muitos anos. Na verdade, ela não era jovem. Talvez tivesse sido bonita um dia, mas há muito tempo. Tratava-se, também, de uma senhora — uma outra senhora, aparentando bastante idade. A senhora dos processos era muito magra, com rosto enrugado e olhos cansados — cansados de viver e de empurrar o carrinho entre as baias do 13º andar d'O Edifício.

A senhora quer chorar pela moça do carrinho, que não é mais uma moça, e pelos olhos do filho da dona Amélia, olhos que veem fantasmas que não existem e moças que não são mais moças? Eu me sinto tocada pela sua emoção. Eu mesma não choro, mas gostaria de soltar uma lágrima que fosse, ou ao menos enxugar a possível lágrima que escorresse pelo seu rosto. No entanto, a senhora também não chora.

Preciso então voltar com o senhor Pedro para a casa dele, depois do encontro com o fantasma da mãe e do desencontro com a moça que não era mais uma moça. Ele saiu d'O Edifício e caminhou de volta para casa, estranhando se sentir mais perturbado com o esbarrão desastrado com a senhora do carrinho do que com o novo aparecimento do fantasma da mãe no seu local de trabalho. Estranhou, também, não estranhar a si mesmo querendo chegar logo em casa para dedicar o seu novo livro à mãe, embora nunca tivesse escrito nenhum livro. Sentia-se dividido em dois, metade achando surreal a própria pretensão, a outra metade imaginando dedicatórias várias, cada uma mais grandiloquente do que a outra.

Nesse estado, ele chegou ao apartamento, passando, mas sem perceber, por uma rua sem carros, por uma portaria sem porteiro e por um elevador sem pessoas. Ao abrir a porta do apartamento, porém, deparou-se com a cuidadora da mãe chorando muito, enquanto falava frases engroladas que ele não conseguia entender. Pediu que ela se acalmasse e lhe contasse devagar, por favor, o que tinha acontecido.

A cuidadora levou alguns segundos, talvez mesmo alguns minutos, para controlar a respiração e o choro e, enfim, explicar para o senhor com quem falava que a senhora sua mãe, que Deus a tivesse, havia acordado apavorada como se estivesse saindo de um pesadelo, olhos arregalados, boca aberta, e de repente, muito de repente, feito a derradeira travessia.

O senhor Pedro levou outros tantos minutos para entender que a sua mãe havia morrido. Quando entendeu, perguntou, nervoso, "a que-que ho-horas?". A cuidadora da mãe mostrou uma engraçada e pouco condizente cara de intrigada e, em seguida, fez contas nos dedos das mãos para responder à pergunta, apesar do relógio no pulso esquerdo. Ao acabar de fazer aquelas contas, ela levantou a cabeça, triunfante, e disse a hora exata, incluindo minutos e segundos, da morte da dona Amélia.

Aujourd'hui, maman est morte. Ou peut-être hier, je ne sais pas.

Perdão, mas veio à minha mente o início doído de um romance francês: *O estrangeiro*, de Albert Camus. O personagem diz, nas primeiras frases, que "hoje, mamãe morreu. Ou talvez ontem, não sei bem". Ao choque da primeira frase, segue-se a incerteza, equivalente às incertezas de Pedro sobre a sua mãe e sobre o impacto da morte da sua mãe.

Olhando para o próprio relógio de pulso como se conferisse a informação da cuidadora, embora o gesto não fizesse o menor sentido, o meu paciente lembrou-se de que, ao tropeçar na moça que não era uma moça, ele também olhou para o seu relógio durante a queda de ambos, registrando na memória a mesma hora e os mesmos minutos relatados pela senhora que cuidava da sua mãe. Se as estranhas contas da cuidadora e a memória do senhor Pedro estivessem ambas certas, então a mãe dele teria morrido no mesmo minuto em que o suposto fantasma da mãe bateu com as palmas das mãos no lado de dentro do espelho, enquanto o reflexo do seu corpo embaçava. Tudo acontecia como se a mãe, ou melhor, como se o fantasma da mãe houvesse exclamado: "Chega!".

Capítulo 5

VIU O ÚLTIMO FILME DE FRED Astaire? Para quem acompanhou as performances desse ator e bailarino, é um filme delicioso. Estreou em 1981 e se chamava *Ghost Story*, ou *Histórias de fantasmas*. Já com 82 anos, Fred Astaire não dança no filme, mas tem uma atuação comovente — e aterrorizante. Que coincidência: a senhora também tem 82 anos. Não havia me contado isto — ah, lembrou agora. Boa memória. Aliás, a senhora está muito bem.

A trama do filme gira em torno de quatro amigos idosos que se reúnem a cada inverno, para tomar conhaque e contar histórias de fantasmas. Essas histórias, todavia, se mostrarão perigosamente reais, revelando um segredo sombrio dos quatro amigos. Sombrio é pouco: o segredo é terrível. Por causa dele, todos sofrem com pesadelos frequentes que, não raro, se transformam em alucinações.

Qual é o segredo? Os quatro amigos são cúmplices na morte de uma jovem mulher, ocorrida cinquenta anos atrás.

O fantasma dessa mulher os visita para atormentá-los, mas não aparece apenas para eles. Ela, ou ele, o fantasma, também aparece para os filhos deles, mas na sua aparência jovem, seduzindo-os a ponto de levá-los ao suicídio.

As aparições da alma penada, já na sua forma putrefata, bem como a cena em que a moça morta desce, vestida de noiva, as escadas da casa, são de gelar a espinha de qualquer um. O filme economiza nos efeitos especiais, mas traz belas imagens, como as que mostram a fragilidade dos quatro senhores. Todos viveram uma longa vida, sim, mas com muito medo — medo intensificado até o limite do desespero.

Já o romance no qual se baseou o filme, chamado também *Ghost Story* e escrito por Peter Straub, lida menos com fantasmas do que com manitus, lobisomens, vampiros e mortos-vivos. O filme, porém, concentrou-se em um fantasma, ou melhor, no fantasma de uma mulher. Suspeito que, na maioria das histórias de fantasmas, eles são femininos. Eles, os fantasmas, são, muitas das vezes, elas. Por que será? Por que será que as inquisições, tanto católicas quanto protestantes, queimaram vivas cem vezes mais mulheres do que homens? Por que será que há tantos feminicídios e tão poucos "masculinicídios", tão poucos que a palavra nem existe? Por que será?

As perguntas ficam no ar.

Esse filme me veio à cabeça por causa do fantasma da mãe do senhor Pedro. Entre a sessão anterior e aquela que passo a relatar daqui a pouco, procurei revê-lo e a alguns outros, para me ambientar com narrativas de fantasmas e buscar algumas informações. Minhas pesquisas são um tanto ou quanto heterodoxas, admito. Gosto de trabalhar com ficção, tanto literária quanto cinematográfica, para lidar com os meus pacientes — de resto, o mestre já fazia isto.

Lembro agora de dois filmes, um mais para a comédia e o outro, mais para o terror. A comédia, dirigida e interpretada pelo humorista Ricky Gervais, se chama *Ghost Town*, traduzido no Brasil como *Um espírito atrás de mim*. Na história, um dentista se submete a uma colonoscopia, mas o procedimento dá errado e ele "morre" durante vários minutos. Para surpresa dos médicos, o dentista volta à vida, mas passa a ver fantasmas importunos por toda parte. Acaba ajudando um desses fantasmas, que quer salvar sua viúva de um pretendente mal-intencionado.

O filme de terror é aquele que consagrou a linha "I see dead people", isto é: "eu vejo pessoas mortas". Foi dirigido por M. Night Shyamalan e intitulado *O sexto sentido*. A senhora assistiu? Não? Tudo bem, eu faço um resumo da história — que gira em torno de um menino perturbado e solitário, chamado Cole. Ele esconde um segredo terrível de quem vive à sua volta, mas um psicólogo infantil, de nome Malcom e interpretado por Bruce Willis, tenta ajudá-lo.

O psicólogo se sente culpado por ter perdido outro paciente, outro menino que, tratado por ele desde a infância, se suicidou. Por isso, ele se dedica a cuidar de Cole, enquanto a sua própria esposa o ignora, a ponto de se recusar a falar com o marido ou a olhar para ele. Malcom ganha a confiança do menino, que enfim lhe conta que vê pessoas mortas, mas andando como pessoas normais.

O psicólogo acredita nele, a ponto de sugerir que o menino ajude os fantasmas a resolverem os casos pendentes que ainda tenham no mundo dos vivos, o que acalma o garoto e dá um sentido à sua própria vida. Aliviado com seu sucesso, Malcom volta para casa, para tentar conversar mais uma vez com a esposa, quando descobre que ela não fala com ele, nem olha para ele, porque ela de fato não o enxerga, já que ele morreu há algum tempo. Na verdade, ele também é um fantasma, assassinado por aquele garoto que se suicidou: antes de se matar, ele matou o seu psicólogo, ou seja: ele matou o doutor Malcom.

Eu sei que esses filmes não passam de ficção. No entanto, quando os assistimos, suspendemos a nossa descrença e por um momento também acreditamos em fantasmas. De certo modo, nos consolamos com a possibilidade de vida depois da morte, mesmo que vida aterrorizante — qualquer vida sempre deve ser melhor do que vida nenhuma. Como até aquele momento eu pressupunha que o nosso amigo me contava uma ficção sua, bem particular, me pareceu enriquecedor, seguindo o mestre, compará-la com ficções "de verdade".

Daí, a senhora me pergunta como os fantasmas são "de verdade". Pergunta difícil, porque a gente conhece os fantasmas da ficção, ou da literatura ou do cinema. Pelo que me lembro agora, fantasmas andam como aranhas no teto, aparecem e desaparecem de repente, depois voltam a andar como aranhas, de quatro, também pelas paredes — até caírem no chão na nossa frente.

Em boa parte dos filmes, porém, os fantasmas se confundem com os mortos-vivos, mais conhecidos como zumbis. Eles surgem como se tivessem saído do túmulo no meio do processo de putrefação: os ossos à mostra, a carne escurecida escorrendo debaixo das roupas, as roupas rasgadas e apodrecidas. Para sorte da indústria de cinema, ainda não se inventaram filmes com cheiro, senão os filmes de fantasmas-zumbis expulsariam os espectadores das salas — todo mundo sairia correndo e vomitando pelo caminho.

Semelhante confusão, porém, é recente. As histórias de fantasmas são muito mais antigas do que as histórias de zumbis. Conta-se que os zumbis apareceram durante a colonização do Haiti. No início, os zumbis seriam sempre escravos negros que morriam, mas eram revividos por feiticeiros malignos, para serem devolvidos ao trabalho nas lavouras. Mesmo após a morte, os negros permaneciam escravos, que continuavam a ser explorados para muito além da exaustão — porque além da própria vida.

A narrativa dos zumbis provoca fascínio e terror, mas também nojo e repulsa — o nojo e a repulsa que sentimos das coisas e dos seres em estado de putrefação. Pois é, minha senhora, tais narrativas provocam justo essa expressão contorcida no seu rosto. A intenção oculta parece ser transformar o Outro do branco — o índio, o negro — em Monstro maiúsculo e asqueroso.

Nos filmes mais recentes de zumbis, a figura do morto-vivo não é mais apenas o negro, mas também o refugiado e o imigrante. Há uma popular série de televisão que mostra uma imensa muralha de gelo, construída para deixar os mortos do lado de fora — ou para impedir esse povo de invadir o Sul. Não é coincidência que, na chamada vida real, certo presidente, de certo país do Norte, deseje construir outro muro imenso contra os imigrantes do Sul.

Na minha limitada experiência da fantasmagoria, entretanto, fantasmas só fazem algum sentido graças à concepção, forte na cultura ocidental e cristã, de sobrevivência da alma após a morte — da alma, não do corpo. De acordo com essa concepção, a alma não apodrece. Logo, fantasma não é a mesma coisa do que zumbi ou morto-vivo. Se é fantasma, já está morto — ponto. Na pior das hipóteses, se a alma é má, quer dizer, se cometeu crimes graves quando viva, então ela é levada para o Inferno por espíritos sombrios, como na clássica cena do filme *Ghost*.

Este filme, aliás, confirma a minha tese, se posso chamar isso de tese, e se um filme de ficção pode confirmar qualquer coisa, de que fantasmas mantêm a forma física que tinham no instante anterior ao da morte, inclusive vestindo as mesmas roupas. Acrescentam-se apenas os efeitos especiais da invisibilidade ou, nos melhores momentos, da translucidez, como se esses fantasmas fossem feitos de vidro flexível.

Mas fantasmas não existem, relembra a senhora, com razão. Como psicanalista, vale dizer, como alguém que funda sua prática na ciência e nas evidências, àquela altura eu também não acreditava que a dona Amélia houvesse se transformado mesmo num fantasma. No meu campo de trabalho, fantasmas são alucinações que representam coisas não resolvidas, como culpa. Ou então, medo. Desejo, ou então, seu contrário: ressentimento. Ora, desde o início o senhor Pedro Rocha, com sobrenome pedregoso e tudo, me pareceu um concentrado complexo de culpas recalcadas, a maioria delas ligadas à mãe. Todo esse complexo de culpas veio à tona na iminência do falecimento da sua genitora, implodindo seu equilíbrio mental quando ela veio a falecer.

Faz sentido que os fantasmas fiquem presos nas paredes e nos espelhos, aterrorizando crianças, jovens e adultos, porque assim eles configuram excelente imagem da culpa aprisionada, reprimida e recalcada. Essa culpa, com o tempo, volta-se contra o sujeito que a sente, ou adoecendo-o, ou levando-o a ações desesperadas. Talvez por isso, os fantasmas reapareçam como se apenas pedissem socorro, mas acabem provocando loucura e morte nas pessoas que os veem.

Eis porque fiquei contente quando o senhor Pedro chegou, já na quinta sessão, querendo contar um sonho. Os sonhos não deixam de ser os fantasmas da mente. Os sonhos podem ser legais, ao abrirem janelas para sentimentos presos no escuro. Em situações diferentes do contexto terapêutico, ouvir alguém contando um sonho em geral é chato, como quando aquela pessoa sem noção senta na nossa mesa do bar e cisma de contar para todo mundo o sonho que acabou de sonhar. Todo mundo então escuta, mas meio constrangido, suportando ouvir aquela história sem pé nem cabeça — mas só para poder contar o seu próprio sonho depois.

Ler sobre o sonho de um personagem de romance também pode não ser divertido, levando-nos a supor que o escritor não consegue fabular uma situação decente e apele para o mundo dos sonhos, onde vale tudo e nada faz sentido. Entretanto, há escritoras ousadas o suficiente para escrever todo um romance em volta de sonhos, como o fez Ursula Le Guin em *A curva do sonho*. A ideia genial de Le Guin foi criar um personagem, chamado George Orr, cujos sonhos têm o poder de alterar a realidade. Seria um sonho ter esse poder todo, mas um sonho que logo se transformaria em pesadelo.

Se o personagem sonha, por exemplo, que uma tia insuportável enfim saiu da casa dele, ao acordar descobre que essa tia morreu há seis anos e que sua morte alterou todas as conexões, e todos os acontecimentos da sua família, nos últimos seis anos. Se ele sonha que o planeta não sofre mais de superpopulação, ao acordar descobre que o planeta tem menos seis bilhões de pessoas — o que significa que seu sonho exterminou seis bilhões de pessoas, mas como se elas nunca tivessem existido. O poder do sonho é levado, no romance dessa escritora, à sua máxima potência.

Graças aos céus, nenhum dos nossos pacientes tem esse poder. No consultório, somos pagas para ouvir com a máxima atenção todos os relatos dos pacientes, verídicos ou falsos, verossímeis ou inverossímeis, tanto de acontecimentos quanto de sonhos, tenham sido estes sonhos de fato sonhados, ou então inventados na hora. Quaisquer sonhos nos servem, porque permitem interpretações e nos ajudam a ajudar as pessoas.

Por isso, peço a sua licença para lhe contar o sonho que o meu paciente me contou naquele dia. Antes, porém, destaco que ele chegou com aquele velho casaco de couro, ou melhor, de courino, da segunda consulta, voltando a deixar pedacinhos do tecido na minha poltrona. Pelo jeito, ele gostava de revezar o casaco com a jaqueta. No mesmo bolso superior esquerdo, a mesma caveira.

Fiz, então, um gesto mais explícito, apontando com o dedo, primeiro para o adorno do seu casaco, depois para a minha querida caveira em cima da mesa. No entanto, ele deu de ombros, como se a caveira, recorrente nos seus agasalhos, não tivesse qualquer significado. Talvez ele tivesse razão. Quem sabe a caveira do senhor Pedro fosse apenas uma caveira, bordada tanto na jaqueta quanto no casaco, assim como o charuto do velho Freud poderia ser apenas um charuto. O problema é que eu não acreditava nem numa coisa, nem na outra.

Depois de dar de ombros, ele passou a me contar o seu sonho. No sonho, ele se encontrava já adulto, mas não tão idoso, no que parecia ser um apartamento novo da mãe, com quem ele não moraria mais. Dona Amélia lhe mostrava os novos quartos, tantos que ele perdeu a conta, e outras tantas dependências de empregada, sugerindo um imóvel "mais infinito ainda", se posso dizer assim, do que o verdadeiro apartamento deles. Pedro e a mãe passeavam pelos corredores e pelos aposentos, desviando-se de dezenas de pessoas como se não as vissem, ou como se não houvesse mais ninguém ali. Logo depois, ao entrarem na cozinha, a mãe lhe ofereceu um café da manhã delicioso, com pilhas de panquecas americanas, geleia de mirtilo e creme de chantilly.

Na hora exata em que ele se sentou, no entanto, ela tirou depressa a mesa, guardando os alimentos na geladeira e a louça nos armários sobre a pia. Passado o primeiro momento de estupor, em que apenas abriu os braços e balançou a cabeça de um lado para o outro, enquanto repetia, "como assim?", o senhor Pedro teve um ataque histérico: derrubou a mesa e jogou uma cadeira para cada lado, gritando como um louco — ou melhor, tentando gritar como um louco, porque não saía som nenhum da sua boca. Ele percebeu então, aterrorizado, que a mãe não parecia ligar a mínima para o seu ataque, assim como não prestavam atenção nele as demais muitas pessoas que continuavam passando pela cozinha. Ninguém olhava para ele, ninguém se incomodava com a mesa e as cadeiras quebradas, ninguém estranhava os gritos mudos.

Eu fiquei fascinada com o sonho, primeiro porque, segundo seu próprio relato, o sonho o assaltou alguns dias depois da morte da mãe. No sonho, porém, ela ainda estava viva e nem estava doente, confirmando que a gente não realiza nem a morte dos outros, quanto mais a nossa própria morte. Para o filho, dona Amélia ainda estava vivinha da silva e continuaria assim por todo o sempre. Pelo resto das nossas vidas, todos nós carregamos os nossos mortos na memória profunda — sim. Como se fossem mortos-vivos, ou fantasmas pessoais.

Fiquei fascinada, também, porque senti vontade de levantar e aplaudir de pé o inconsciente do meu ilustre paciente — que cena reveladora o dito-cujo inconsciente criou, dirigiu e encenou. Ao pôr a mãe lhe oferecendo um café da manhã delicioso, para, logo a seguir, tirar a mesa e guardar tudo na geladeira e nos armários da cozinha, ele me deu de presente uma bela imagem do *double bind* — também conhecido, entre nós outras que trabalhamos com a mente das pessoas, como "duplo vínculo".

Explico.

Segundo os especialistas da minha área, um duplo vínculo acontece quando duas pessoas, por exemplo mãe e filho, ficam emocionalmente presas por causa das atitudes contraditórias de uma delas — em geral, daquela que exerce o poder sobre a outra. A contradição envolve a expressão simultânea de amor e ódio, de afeto e agressividade. Laços neuróticos como o duplo vínculo ocorrem entre quaisquer pessoas, como homem e mulher, professor e aluno, ou governo e cidadão, mas são mais dramáticos na chamada "vida em família".

A propósito, Kenneth Loach dirigiu, em 1970, se não me engano, um perturbador filme a respeito, intitulado: *Vida em família*. No filme, fica claro que a protagonista enlouquece para "curar" a família, ou seja, para justificar a loucura da própria família, como se daquela maneira se comprovasse que ela é que é a louca, não eles. A menina é levada à loucura pela sucessão de mensagens contraditórias que recebe tanto da mãe, quanto do pai e dos psiquiatras que tratam dela. No final, estes psiquiatras optam por uma operação de lobotomia e, em seguida, a apresentam em estado vegetal, ao vivo, numa conferência pública sobre esquizofrenia. Esta cena me dá pesadelos até hoje.

Vejamos um exemplo mais simples. Digamos que um pai diga à filha que ela já está crescidinha para pedir certas regalias, mas ainda é muita nova para vestir certas roupas. A filha se sente confusa, sem saber afinal se já cresceu ou se ainda é uma garotinha, coitadinha. Nas relações mais tensas, a situação se complica e fica ainda mais agressiva — portanto, perigosa para a parte mais fraca da relação. Para piorar tudo mais um pouco, a mãe dessa menina lhe mostra, com gestos, que a ama, mas com as palavras expressa justo o contrário, isto é: uma forte rejeição. Como a expressão corporal é mais forte, pior ainda se acontecer o inverso: o tempo todo a mãe fala para a filha como a ama tanto, mas, com os gestos, mostra o quanto gostaria que ela não tivesse sequer nascido. A armadilha cruel do duplo vínculo pode ser mais complexa, envolvendo vários agentes do poder. As crianças--prodígio costumam ser vítimas dessa armadilha. Tomemos um caso hipotético. Garoto negro, de família pobre, mostra que é bom de bola. O pai, jogador medíocre, convence o filho de que ele será o melhor jogador de futebol do mundo. Obriga-o então a treinar como um louco desde a tenra infância, para garantir, no futuro, não apenas o sucesso pessoal como a independência financeira da família.

O que acontece com o garoto? Ora, ele entrega o que se espera dele, tornando-se um dos melhores jogadores do país e do mundo, ao mesmo tempo que enriquece a família e lhe empresta a sua fama. No entanto, como suas infância e adolescência foram sequestradas pela missão que lhe foi imposta, ele não vivencia algumas das fases de sua formação cognitiva e emocional. Torna-se um grande atleta, mas, ao mesmo tempo, um adulto imaturo. Ora, cada atitude de menino mimado que ele toma é um grito inconsciente de revolta, por lhe terem roubado os pedaços mais importantes de sua vida. Entretanto, os espectadores, os jornalistas e os próprios familiares crucificam o já não tão jovem atleta, não admitindo que um homem rico e famoso se comporte como uma criança mimada e birrenta.

Dessa forma, todos participam, como algozes, do jogo cruel do duplo vínculo, acusando de mimado um homem que nem pôde ser criança ou adolescente direito.

A sociedade mostra assim a doença que a constitui como sociedade, fabricando heróis, santos e artistas, sim, mas para melhor crucificá-los no altar da sua própria crueldade. No nosso caso hipotético, acontece de o jogador, depois de uma derrota dolorida, ser ofendido por um torcedor à beira do campo. Ele reage e dá um soco no torcedor impertinente. Poucas vezes se veria um soco mais bem dado, porque o alvo do garoto seria não apenas aquele torcedor, mas todos os torcedores — não apenas aquelas pessoas, mas também seu pai, sua mãe e sua irmã, que o sugam e o anulam desde pequeno.

Numa relação baseada no duplo vínculo, qualquer momento pode ser a gota d'água capaz de precipitar o pânico ou a raiva. O sonho do filho da dona Amélia mostrou esse momento de raiva e pânico, ao derrubar a mesa, jogar uma cadeira para cada lado e tentar gritar como um doido, mas sem que o menor som escapasse da sua boca. O pânico do senhor Pedro, no sonho, foi o de não conseguir se desvencilhar do vínculo, obrigando-o a se reconhecer impotente frente ao jogo do outro.

O sonho me revelava melhor o papel da mãe na construção da personalidade encolhida do filho, alterando a minha perspectiva. Até aquele instante, a narrativa do meu paciente me irritava um pouco, talvez porque me fosse mais fácil me identificar com a sua mãe. A partir daquele instante, no entanto, eu pude vê-lo também como vítima — no caso, de uma sucessão de mensagens duplas.

Mas não se incomode — sei que sonhos não são verdades. Ainda: se sonhos fossem verdades, quem nos garante que os pacientes não inventam sonhos que caibam nas minhas teorias psicológicas? Se o senhor Pedro mentiu sobre o seu sonho, ou acrescentou cenas que de fato não tinha sonhado, neste caso teríamos, como diria o poeta mineiro, "mentira por verdade". Em outras palavras: a mentira pode revelar uma outra verdade.

Ao contrário do que possa parecer, eu não acredito que meus pacientes digam sempre a verdade. No fundo, eles mentem na maior parte do tempo, mentem inclusive para si mesmos. Dito isso, não creio que o senhor Pedro tenha inventado aquele sonho para me agradar ou para me engabelar. Se o fez, porém, o resultado simbólico é equivalente.

Mas observe a senhora, ainda, que a expectativa de toda a família quanto ao futuro do Pedrinho não deixava de ser uma armadilha do tipo do duplo vínculo. Quanto maior a expectativa, mais preso ele ficava na ratoeira do "se correr o bicho pega, se ficar o bicho come" — se ele atende à expectativa da família, acaba por não atender à expectativa da família, porque, se ele atende à expectativa da família, ele se torna o que querem que ele seja, e não o que quer ser. A família quer, ao mesmo tempo, o seu sucesso e o seu fracasso. A armadilha do duplo vínculo é ruim tanto para quem cai nela quanto para quem a monta.

Admito, sim. Admito que ele possa ter tentado, ao longo da vida, virar o jogo contra a sua mãe, tornando-a vítima de algum modo. Será que, ao cuidar dela, na sua doença, ele não teria enviado sinais contraditórios, do tipo, "estou cuidando de você, mamãe, mas na verdade não estou cuidando direito"? Essa hipótese faz todo sentido — tanto, que me parece provável que tenha acontecido, embora não apareça com clareza nos relatos que ele me fez. No entanto, o efeito dessa vingança terá sido inócuo: a demência da mãe a levava a não reconhecê-lo muito antes que ele mesmo percebesse o que acontecia.

Admito, ainda, que ele pudesse ter recorrido ao mesmo jogo com papéis invertidos, transferindo-o para sua relação com outras pessoas, como filhos, alunos ou subordinados. Nesse caso, ele recorreria a mensagens duplas para melhor confundir e manipular. No entanto, o meu paciente nunca teve filhos, nunca foi professor e, ao que parece, também nunca foi chefe ou diretor de ninguém. Na sua excitante profissão de contador subalterno, o jogo do duplo vínculo não lhe seria muito útil.

Mas de repente me dou conta de que o senhor Pedro exercitou sim o duplo vínculo, como algoz e não como vítima. Esse exercício se deu nos jogos de sedução que ele me contou, tanto com a professora que lhe tirou a virgindade, quanto com a menina negra do posto Esso. Nos dois casos, ele parece ter sinalizado para as duas mulheres que as queria muito, para logo depois lhes dizer que não as queria mais.

Ora, isso não deve ter acontecido apenas naqueles dois momentos. Em quantas outras ocasiões ele teria feito esse papel duplo: de homem fofo primeiro, de macho indiferente logo depois? Não podemos mensurar o efeito da devastação, em cada mulher, desse tipo de comportamento esquizoide do homem.

O jogo do duplo vínculo contém em si outros jogos, como o jogo do duplo e o jogo do espelho. Até este ponto da história, de onde surge o fantasma da mãe? Da face polida de diversos espelhos. Entre uma sessão e outra, eu estudava o caso, quando me deparei com uma fobia nova. A fobia em questão ficou conhecida como "fobia do sobrenatural", segundo a proposição de uma neurologista nossa compatriota. Em artigo recente, essa neurologista fez a pergunta que expõe a dificuldade do diagnóstico: qual adulto admite, em público, morrer de medo de fantasmas? No seu artigo, a autora ainda levanta a hipótese da origem possível do problema, que seria a hiperexcitabilidade da amígdala, como sucede em outras fobias. Se confirmada a sua hipótese, ela recomendaria o tratamento médico com antidepressivos ou ansiolíticos.

Contudo, não creio que a ilustre colega estivesse no caminho certo. Ainda não tenho certeza se encontramos a cura contra os fantasmas — ou melhor, contra a fobia do sobrenatural. Quem sofre dessa patologia não se deixa convencer de que fantasmas de fato não existem. A própria terapia, nesses casos, provoca terrores inenarráveis, a ponto de aumentar o número dos fantasmas à volta do paciente.

Foi isso o que aconteceu com o filho da dona Amélia: multiplicou o número dos fantasmas à sua volta? Calma. Não nos precipitemos. Naquela tarde, o senhor Pedro continuava me trazendo apenas um fantasma.

Logo depois de contar o seu sonho, ele relatou, devagar, as manifestações do fantasma depois da morte da mãe, agora fantasma oficial. Voltemos então ao relato das novas manifestações do fantasma. Estas manifestações ocorreram depois da morte física dela, isto é, da dona Amélia — aquela que era uma mulher de verdade, mas que depois teria se transformado em um fantasma de verdade.

Depois da sua morte, no apartamento, os procedimentos para emitir o atestado de óbito e marcar o enterro para o dia seguinte foram complicados — ou talvez o próprio senhor Pedro tenha se complicado sozinho com eles. Segundo ele, três ou quatro médicos do hospital se recusaram a ir ao apartamento para dar o atestado, cada um alegando um motivo mais estranho do que o outro. Depois de conseguir o atestado, com o quarto ou quinto médico chamado, o cemitério municipal não encontrava a campa da família, comprada muitas décadas atrás. Quando a campa foi encontrada, era preciso limpar o tampo encardido de mármore, capinar o mato em volta e preparar o caixão e a sala para o velório, incluindo a decoração e as coroas de flores.

No entanto, tudo isso custava mais do que o senhor Pedro imaginava, e quase tanto quanto o que ele tinha na carteira, com a agravante de que ele se recusava a usar cartão de crédito. Contudo, ainda faltava escolher o caixão. Escolhido o caixão, foi feito o translado do corpo para a sala do velório. Para perturbar mais um pouco, veio mais gente do que ele pensava que viria, obrigando-o a cumprimentar pessoas que não encontrava há muitos anos, incluindo um número grande de parentes, além de professores e colegas seus do ginásio — todos unânimes em enaltecer dona Amélia e a dizer: "nem sabíamos que ela estava doente, que coisa".

Em certo momento, o senhor Pedro começou a sentir medo do que diriam as pessoas ao perceberem que ele não estava chorando. Seus olhos estavam secos e agitados, olhando ora para um dos presentes, ora para outro, ora para a mãe de braços cruzados dentro do caixão de mogno. Será que as pessoas percebiam, ao menos, que o caixão era de mogno?

Quando ele me contou dessa preocupação, logo me veio à mente aquele romance francês que começava com a frase: "Aujourd'hui, maman est morte". O filho dessa mãe que morre logo no início daquela história também não chorou no seu velório e acabou condenado à morte, mais por isso do que por ter assassinado um homem.

Na hora de fechar o caixão, um religioso leigo, como de praxe, perguntou ao filho se poderia fazer uma prece por sua mãe. O senhor Pedro pensou que aquele sujeito magro, mirrado, iria cobrar pela prece, mas mesmo assim autorizou o serviço, enquanto olhava de esguelha para as pessoas que o observavam conversando com o leigo. Todo mundo se aproximou do caixão de mogno, como o meu paciente insistia em repetir. Ele queria ficar lá atrás, quase na porta, mas o religioso e parentes distantes da mãe, mal se lembrava deles, o empurraram para o lado da cabeça da mãe dentro do caixão.

Quando o sujeito magro e mirrado abriu os braços e começou a rezar, com voz vibrante: "Senhor meu Deus, criador e redentor de todos os homens, concedei à alma de vossa serva Amélia a remissão de todos os seus pecados, ouvi, piedoso Senhor, a prece que humildemente Vos dirigimos". O senhor Pedro pensou uma coisa e sentiu outra: ele pensou, com rancor, "os pecados dessa minha mãe são imperdoáveis", mas ao mesmo tempo sentiu emoção tão forte que não pôde segurar uma grossa lágrima escapando do olho esquerdo. Como não segurou a lágrima escorrendo no rosto, reagiu erguendo a cabeça para, orgulhoso, ostentar, perante o público presente, o choro que afinal emergiu, mostrando-o como o filho dedicado e sensível que ele não era — o que, naquele momento, pouco importava.

Justo naquele momento, enquanto o religioso implorava, "atendei, Senhor, a nossa prece, mostrai-Vos compassivo para com a alma dessa Vossa serva Amélia e concedei-lhe que, purificada dos seus pecados, possa a sua alma estar Convosco por todos os séculos dos séculos", o senhor Pedro viu, do outro lado do caixão, em pé, no lugar em que estava o leigo, e compungida como todos, olhando triste e embevecida para o corpo da sua mãe, quem, senão ela mesma — ou melhor, o fantasma dela, olhando para o próprio corpo!

O choque foi tão forte que o filho de dona Amélia prorrompeu num choro convulsivo e desesperado, ao mesmo tempo que esticava os braços por cima do caixão, com a intenção de abraçar a mãe e balbuciar: "Mamãe, perdão!". No entanto, agarrou apenas um dos braços do religioso, puxando-o com força sobre o rosto do corpo de dona Amélia, coitada, amassando as flores todas.

O episódio gerou comoção local, atraindo os participantes dos velórios vizinhos. Os parentes distantes da dona Amélia e do seu filho, que não teriam particular afeto por ela ou por ele, começaram a se abraçar e a chorar, lamentando a morte daquela senhora tão querida e o sofrimento do seu filho. Logo apareceu um médico amigo da família, sempre aparece um. Ele continuava transtornado, dizendo, "eu vi, eu vi, eu vi a minha mãe", o que ninguém contestava, todos tinham visto a dona Amélia deitada no seu caixão — de mogno, frise-se. Como o senhor Pedro continuava tremendo e balbuciando, "eu vi-vi o que eu vi, eu vi-vi o que eu vi", o médico tentou levá-lo para o hospital, mas ele passou a gaguejar "hos-hospital não, hos-hospital não", quem sabe se lembrando do aparecimento do fantasma da mãe no banheiro da casa de saúde.

O doutor pediu ajuda aos presentes para convencer o filho de dona Amélia a ir para o hospital. Nessa hora, os funcionários do cemitério pegaram sozinhos o caixão da velha senhora, ninguém se dispôs a ajudá-los, e o colocaram sobre o carrinho, deslocando-o então na direção da sepultura. Como todos se movimentaram para acompanhar os funcionários carregando o caixão, o senhor Pedro aproveitou o ensejo para caminhar na direção contrária. Saiu de fininho do cemitério e, na calçada, pegou o Aero Wyllis estacionado e dirigiu de volta para casa. Que os outros acompanhassem o enterro, nem dariam pela sua falta. Ele só pensava que não queria ver o fantasma da mãe de novo: imagine se ela aparecesse sentada sobre o caixão, olhando para ele enquanto as pessoas jogavam flores e os coveiros jogavam terra?

De volta ao apartamento dele e da mãe, mas que não era mais da mãe, agora era só dele, se viu tomado por um turbilhão de sentimentos contraditórios, como seria de se esperar. Meu ilustre paciente, primeiro, vivenciou um certo alívio, por ter voltado para o conforto e a segurança do lar. Depois, experimentou euforia, por perceber que, pela primeira vez na vida, começava a morar sozinho naquele apartamento enorme, mas só seu. Então, pela mesma razão, sentiu medo — e, por fim, sentiu pavor, imaginando que a mãe, quer dizer, que o fantasma da mãe estivesse ali em algum lugar, talvez dentro dos armários, talvez dentro das paredes, como nos filmes de fantasmas, ó terror!

Eu de fato já estava me sentindo aterrorizada com essa história do fantasma da mãe, e ainda nem lhe contei o pior.

Sim, o pior ainda está por vir. Não vou antecipar porque não é o meu estilo, e porque não posso fazê-lo, ao final a senhora entenderá o porquê — espero.

Por enquanto, estamos com o senhor Pedro no apartamento agora só seu, preocupado se a mãe-fantasma não se encontra escondida dentro de um dos muitos armários, ou mesmo dentro de uma das muitas paredes da casa. Para sua sorte, eu diria, a mãe não apareceu, pelo menos até o dia seguinte. Bem, eu diria isso, mas se ele não houvesse passado a noite em claro, apavorado com a possibilidade de acordar assustadíssimo ao ver o fantasma da mãe sentado, ou sentada, não sei como dizer, na beirada da sua cama. Eu diria isso, também, se ele não tivesse resistido o máximo que pôde a ir ao banheiro, com medo de encontrar a mãe do outro lado do espelho.

Esse máximo, porém, não foi tão máximo assim: apesar do seu histórico de contenção urinária, meu paciente já tinha uma certa idade — tanta, que podia estacionar na vaga de idoso no shopping —, logo, não conseguia controlar a bexiga pelo tempo que quisesse. Por isso, acabou indo duas ou três vezes ao banheiro, esforçando-se para não acender a luz — ele não queria iluminar o espelho. No escuro, deu duas ou três topadas, ora no bidê, ora no vaso sanitário, e ainda errou o alvo e amarelou o piso do banheiro.

O nosso amigo não viu ninguém no espelho do banheiro, mas também não dormiu a noite toda. Levantou cansado, o corpo moído, as pálpebras inchadas, o humor em cacos. Apesar disso, e apesar de ter direito a faltar alguns dias no trabalho por conta da "licença de nojo" — que nome

O FANTASMA DA MÃE 135

que deram para o luto, meu Deus —, o senhor Pedro se arrumou para trabalhar, embora não com muito esmero.

Ao sair do apartamento, resolveu descer os treze andares de escada, quer para fazer algum exercício, quer para não precisar desviar o olhar do espelho do elevador. Na portaria, ele hesitou alguns minutos para decidir se descia ou não à garagem para pegar o carro, quando lembrou que o seu velho Aero Wyllis também tinha um espelho retrovisor. Naquele momento, resolveu ir a pé para o trabalho. Resolveu também vender o carro, na primeira oportunidade, por causa do espelho retrovisor.

No caminho, ele não apenas se perdeu como ainda passou a andar em zigue-zague, denunciando a sua condição de perdido. Ele era observado com espanto pelos pedestres e pelos motoristas dos carros e dos ônibus. Do nada, atravessava de repente as ruas e as avenidas, despertando buzinas e impropérios.

"Por que o senhor fazia isso?", perguntei. Ele abaixou a cabeça e respondeu, "por causa das vitrines das lojas". "Hein?", eu exclamei. Ele explicou: "Dependendo do ângulo do sol, primeiro as vitrines de vidro se transformavam em espelhos e, depois, todos os espelhos pareciam conspirar contra mim".

Ao chegar n'O Edifício, arriscou subir de elevador para seu andar, apesar do espelho largo no fundo. Ele se esgueirou para dentro do elevador andando de costas, para não bater o olho no espelho. Ainda que soubesse que o fantasma da dona Amélia não estaria mais preso dentro de algum espelho, ele ainda se sentia aterrorizado com a possibilidade de se olhar num espelho e acabar olhando não para si mesmo, mas sim para o fantasma.

Quando saiu afobado do elevador, esbarrou pela segunda vez no carrinho da moça dos processos, aquela que não era tão moça assim, quase derrubando-a no chão de novo. Ao se reequilibrar, o senhor Pedro pensou em se desculpar, constrangido, mas logo teve sua atenção atraída por outra mulher — aquela que estava sentada na cadeira de sua mesa de trabalho. Largou a moça, digo, a senhora dos processos de lado, e apressou o passo, para perguntar à intrusa o que ela estava fazendo ali, na sua cadeira e na sua mesa.

"Mas quem..."

"Sim, o fantasma."

"Da mãe."

Atarantado, ele olhou para todos os lados, perguntando aos colegas, mas apenas com gestos, porque não conseguiu articular nenhuma palavra, se alguém também estava vendo o que ele estava vendo. Os colegas, no entanto, desviavam os olhos tanto dele quanto da cadeira, não parecendo enxergar ninguém sentado naquele lugar. O funcionário percebeu então que estava como sempre esteve — sozinho no meio de um monte de colegas de trabalho. Nenhum deles, nenhuma delas lhe dava sequer os pêsames pela morte da mãe, até porque nem saberiam que a mãe daquele funcionário esquisito havia falecido.

A mãe, por sua vez, não parecia um fantasma, parecia apenas uma mãe — porque ela não se mostrava transparente. Era dona Amélia, sem dúvida, mas um tanto mais nova, bem antes da doença. Usava um vestido fino, de festa, a cor azul-celeste. Maquiara-se, ou alguém a maquiara, com cuidado, com elegância, destacando, no rosto, os olhos verdes.

O senhor Pedro não a via assim há muitos e muitos anos, se é que algum dia a vira desse jeito. Os cabelos não estavam mais ralos, ao contrário, pareciam fartos, louros, ondulados. Sentada, com as mãos sobre a mesa, voltava os olhos para frente como se não enxergasse nada — nem as pessoas, nem as divisórias de Eucatex. O senhor seu filho rodeou devagar a mesa para observá-la de todos os ângulos, querendo descobrir ou entender não sabia o quê. Preocupado com os outros, de novo olhou em volta, para confirmar que ninguém prestava atenção nele, ou em quem quer que estivesse sentado, ou não, naquela cadeira.

Com muita atenção, ou melhor, com muito medo, o filho pegou no braço da cadeira e a girou, voltando o rosto da mãe para ele. Para sua surpresa, ou para seu pavor, ela de repente abriu o mesmo sorriso franco e iluminado daquela vez na cama, quando, em vez do nome do filho, pronunciou o nome do marido — que era o mesmo sorriso franco e iluminado daquela fotografia que mostrava a jovem Amélia levantando no ar o seu Pedrinho.

O sorriso o atingiu outra vez como um soco no peito, derrubando-o sentado no chão. O rosto da mãe, então, voltou a se apagar. Alguns segundos depois, ela mesma desapareceu no ar, como se nunca houvesse se sentado naquela cadeira, naquele lugar — como se nunca tivesse estado ali.

O senhor Pedro permaneceu sentado no chão, a boca aberta, muda. Depois de um minuto ou dois, tornou a olhar em volta e, mais uma vez, constatou que ninguém se levantava para ajudá-lo, que ninguém parecia ligar para o que estava acontecendo, ou para o que não estava acontecendo. Ocorreu-lhe, naquele momento, a possibilidade aterrorizante de que ele é que estivesse morto e tivesse se transformado num fantasma, condenado a viver no limbo entre os vivos, mas sem ser visto, sem ser tocado e sem tocar em ninguém.

Levantou-se, tentando controlar o pavor e o tremor do corpo. Andou depressa até o banheiro masculino, esbarrando de propósito em algumas mesas, como que para convencer a si mesmo de que ainda estava vivo, de que ainda era gente, de que ainda era um ser humano, já que as mesas se mexiam quando ele esbarrava nelas. Os colegas sentados, assustados, se levantavam, mas não falavam nada, nem iam atrás dele.

Quando chegou ao banheiro, correu para o espelho, para ver se a mãe aparecia e ele conseguia falar com ela, embora não tivesse a menor ideia do que falaria. O fantasma, entretanto, não voltou a dar o ar da sua desgraça, pelo menos não no espelho. O seu filho, quer dizer, o filho da mãe que virou fantasma, tremia, tremia que nem vara verde, segurando-se na pia. Depois de alguns minutos, ele molhou o rosto algumas vezes e pegou três folhas de papel para enxugá-lo.

Devagar, saiu do banheiro — quando notou que todos os colegas trabalhavam como se não houvesse amanhã, digitando qualquer coisa nos teclados o mais rápido que podiam. Dessa maneira, escondiam ou o constrangimento, ou o receio de que ele lhes pedisse alguma ajuda, ou, pior ainda — o receio de que ele quisesse explicar para todo mundo o que, ou quem, viu sentado na sua cadeira. Depois de outros tantos minutos parado em pé, olhando para os colegas como se os visse pela primeira vez — e talvez ele de fato os estivesse enxergando pela primeira vez —, o senhor Pedro sentiu mais uma lágrima grossa escorrendo do mesmo olho esquerdo, como no velório, sem que pudesse controlá-la.

Que ninguém olhasse, que ninguém se preocupasse, que ninguém falasse, deixava-o sozinho e triste, de uma maneira que não se lembrava de sentir antes. Entendeu, então, que vir trabalhar naquele dia tinha sido um erro. Voltou-se para pegar o elevador. Para descer, porém, o elevador estava vazio, o que o deixava sozinho com o espelho até o andar térreo. Entretanto, a mãe também não apareceu naquele espelho.

No andar térreo, surpreendeu-se não só por não encontrar ninguém esperando para subir. O andar térreo estava vazio. Não estava ali embaixo nem mesmo a velha madame que cadastrava os visitantes e lhes emprestava um crachá provisório, insistindo que o prendessem na camisa.

Espantado, saiu na rua e se espantou ainda mais, mas talvez nem tanto quanto deveria — porque eu mesma teria surtado se tivesse uma alucinação daquele tipo. No meio da manhã de um dia de semana, a rua, no centro comercial mais importante da cidade, estava vazia. Nenhum pedestre caminhava depressa nas calçadas, muito menos devagar. Nenhum pedestre atravessava a rua, no sinal, ou fora do sinal. Sobre o asfalto, não rodava nenhum carro, nenhum táxi, nenhum ônibus, nenhum tipo de veículo — nada. A agência bancária ao lado d'O Edifício estava aberta como deveria estar àquela hora, mas sem guardas, funcionários ou clientes.

Apavorado por despencar no cenário de um filme apocalíptico, o senhor Pedro, apesar da idade, desabalou a correr sem pensar para o lado que seu corpo se voltou. No entanto, em menos de dez segundos colidiu em alguma coisa invisível e caiu para trás, batendo com a cabeça num poste. Com a dor, fechou os olhos por outros dez segundos. Quando os abriu, a calçada estava de novo cheia de gente, muitos em volta dele, assim como os carros, e os táxis, e os ônibus, todos, haviam retornado para cima do asfalto. Teve um momento de alívio, por perceber que o mundo voltava a ser mundo, e por achar que aquelas pessoas o cercavam para ajudá-lo.

Todavia, as pessoas à sua volta não queriam ajudá-lo — ao contrário, mostravam agressividade. Porque, na verdade, ele colidira com uma jovem mulher levando o bebê no colo, derrubando ambos na calçada. Para sorte dela e do bebê, a mulher teve o reflexo de cair de costas sem largar o filho, mantendo-o à frente do peito. Ela ainda conseguiu não bater com a cabeça na calçada, porque olhava o tempo todo, assustada, para o menino no colo.

Sem se preocuparem em ajudar o velho-correndo--como-um-louco, os transeuntes levantaram a mulher com cuidado. Sem largar o filho por nem um segundo, ela se recompôs reclamando das dores nas costas, mas aliviada porque o menino não havia se machucado, tanto que nem chorava. Com dificuldade, o senhor Pedro se levantou sozinho, apoiando-se no poste, enquanto balbuciava desculpas. A jovem mãe não se dignou a falar com ele, logo, não aceitou suas desculpas. As outras pessoas seguiram o exemplo da mulher e voltaram cada uma para o seu caminho, com a pressa de praxe. O filho da dona Amélia voltou então a andar na direção da sua casa, mas com dificuldade — o encontrão também tirara o seu fôlego e machucara a sua perna. Durante todo o caminho, ele mancava e se assustava, imaginando que o mundo poderia acabar de uma hora para a outra.

Para sua sorte, o mundo ainda era o mundo quando ele chegou ao seu prédio. Os carros buzinavam no engarrafamento, os garotos esqueléticos da rua vendiam bala Juquinha no sinal, e o porteiro estava na portaria. A vizinha do 12º andar subiu com ele no elevador, o que pela primeira vez na vida o alegrou. Por pouco, não a convidou para subir junto com ele e tomar um café, quem sabe um bolinho de fubá — embora não houvesse bolinho de fubá em casa, quem os fazia era a mãe antes da doença.

No entanto, com medo de ser mal interpretado, o senhor Pedro ficou em silêncio. Não disse bom-dia ao entrar, nem até logo quando ela saiu no andar de baixo. Saiu do elevador no seu andar, já meio arrependido de não haver estabelecido contato com a vizinha. Ele estava tão sozinho, sem pai nem mãe — principalmente sem mãe, no caso. Por mais manipuladora que sua mãe fosse, por mais "duplo-vinculadora" que fosse — acho que inventei a expressão agora —, ela era talvez a sua última ligação com a realidade. Por isso, quando ele abriu, triste, a porta dos fundos do apartamento, que dava direto na cozinha, e encontrou ali sentada na bancada a dona Amélia, diríamos melhor, o fantasma da dona Amélia, a primeira sensação do meu perturbado paciente foi de felicidade — como se Deus o devolvesse à vida anterior, à segurança, à própria identidade.

A sensação seguinte, porém, já foi de terror.

"O fantasma, de novo!"

"Mamãe, de novo!"

Ele fechou depressa a porta dos fundos do apartamento, antes que algum vizinho visse quem não poderia ver. Só depois se lembrou de que apenas ele enxergava o fantasma da mãe. Largou a chave no topo de vidro da bancada, para ver se o barulho assustava a mãe, ou o que quer que fosse aquilo — mas o fantasma não mexeu um músculo, embora, imagino, não tivesse mais músculos. Deu a volta na bancada para olhá-la, muito amedrontado, pela frente. Dona Amélia, se ainda era dona Amélia, olhou-o de volta, mas como se não o visse, como se ele não estivesse ali — como se ele é que fosse o fantasma.

Porque a mãe não parecia um fantasma. Ela estava menos transparente do que quando a viu no trabalho, se a comparação faz sentido. Era a mãe do senhor Pedro, só que mais nova. O mesmo vestido fino, de festa, azul-celeste. Maquiada, os cabelos penteados, louros, ondulados. Ele esperava a repetição daquele sorriso largo e absurdo, mas o fantasma não sorriu de novo. Os olhos, entretanto, deixaram de olhá-lo como se não o vissem e se tornaram vivos. Verdes-vivos, podemos dizer — como se apenas os olhos pudessem voltar da terra dos mortos.

Naquele momento, ela começou a falar como se na sua frente não estivesse o seu filho, mas sim um amigo, um padre, quem sabe uma psicóloga a quem relatasse, devagar, seus problemas e angústias, enquanto movia rápido a língua ansiosa dentro da boca seca, ao mesmo tempo que se esforçava para pronunciar as palavras, quase que uma por uma: "Sinto tanta. Falta. Da família. Eles. Não. Me visitam. Vêm me ver, não. Meus. Filhos. Onde estão? Onde?

Estão. E. Meu marido. Por que ele. Não está. Aqui. Tanta. Falta. Falta. Esse sonho. Sonho. Ruim. Muito ruim. Quero tanto. Acordar. Acordar. Não. Consigo. Os nomes. Fogem. De mim. Os nomes. Fogem. De mim. Como se chama. Como você. Se chama? Meu nome. Também. Perdi. Meu. Nome. Deus. Deus. Tem. Nome? Papai. Papai. Não. Não. Não. Não! Como não? Como não? O sonho. Ruim. Preciso. Acordar. Preciso. Acordar. Meus filhos. Onde. Estão? Qual é. O seu. Nome? Qual é. O seu. Nome? Esta não é. A minha. Casa. Por. Favor. Me leva. Me leva. Pra. Casa. Marido. Não lembro. O nome. Marido. Meu. Marido. Por quê? Por quê? Não está. Aqui. Aqui. Onde. Estou? Aqui?".

Foi assim — palavra por palavra — que o senhor Pedro reproduziu para mim a fala do fantasma da sua mãe. Não tenho como saber se a reprodução foi fiel, mas que pareceu verossímil, pareceu. Confesso que fiquei arrepiada. No íntimo, acho que eu já estava acreditando na existência de pelo menos um fantasma. Impressionou-me quando ela pareceu perguntar se alguém tinha nome. Quem tinha ou não tinha nome?

A pergunta podia estar dirigida ao pai, ao marido, ao filho — ou a Deus. Mas me impressionou mais quando ela se referiu ao sonho ruim do qual ela precisava acordar. O relato das suas palavras levantou, sem querer, a hipótese mística antiga: de que o sono humano seria uma preparação para a morte, ou quem sabe uma pré-morte que se repete por toda a vida até o sono eterno.

Se aceitarmos a analogia do sono com a morte, talvez aceitemos a analogia do sonho com aquilo que chamamos de vida após a morte. Ao morrer, a pessoa passaria a "viver" dentro de um sonho, com toda a lógica surreal dos sonhos. No sonho e na morte, vagaríamos sem chão, ou *bodenlos*, sem saber se estamos acordados ou dormindo, se estamos vivos ou mortos, se estamos aqui, ali ou acolá — se somos eu, você ou não sei mais quem. A memória se tornaria ainda mais fragmentada do que o usual, gerando imagens que explodiriam na mente para logo adiante implodirem, retraindo-se para aquele lugar a que não teríamos mais acesso nenhum.

Tão estranho quanto o problema do nome e a possibilidade de um espírito continuar sonhando morte afora, é o fantasma falar e repetir "meus filhos" e "onde estão", quando ela teria sido mãe apenas de um menino, menino este que depois se tornou um senhor idoso, um senhor rabugento como tantos filhos únicos e mimados — ou mimados ao contrário, como também parece ser o caso.

Lembrou bem. Dona Amélia falava e repetia, "eu só queria uma menina". O que quer dizer que havia uma menina em algum lugar, em algum limbo. O senhor Pedro pode ter tido uma irmã gêmea que, ou morreu no parto, ou seria imaginária. Essa irmã imaginária "viveria" presa dentro das aspas do inconsciente, no meio daquelas imagens que explodem e implodem. Se irmãos podem incomodar uns aos outros, a irmã imaginária de um garoto seria muito mais incômoda: ela duplicaria o complexo de Édipo, interferindo em todos os seus relacionamentos com o sexo oposto.

Pensou melhor ainda. Essa irmã com o nome de "eu-só-queria-uma-menina" não deixa de ser uma irmã-fantasma — um duplo do filho que a própria mãe gerou com seu mantra negativo e tantas vezes repetido, para depois enfiá-lo dentro da cabecinha fraca do filho, desse modo moldando também o mantra negativo do velho menino, que seria: "eu devia ter nascido uma menina".

Ora, "eu devia ter nascido uma menina" equivale a: "eu não sou quem devia ser".

"Por favor, não chore. Se eu não posso chorar, a senhora também não pode chorar. Quer um lenço? Não vai adiantar?" Claro — não há lágrimas. Às vezes, acontece a mesma coisa comigo. Eu avisei, essa história é triste. Mais triste ainda porque, se a irmã do senhor Pedro é imaginária, a mãe de ambos não existe mais, a não ser como fantasma — ou a não ser como alucinação.

O improvável rege essa história e a nossa conversa.

Capítulo 6

Há mais um conto de fantasmas que eu gostaria de contar à senhora. Essas histórias nos jogam dentro de uma poderosa máquina do tempo, feita apenas de papel. É como se viajássemos dois ou três séculos para trás, voltando à época áurea das histórias de terror, quando as pessoas, entre as sombras provocadas pela fogueira da noite, se assustavam e, ao mesmo tempo, se divertiam.

Resgatamos um pouco desse prazer quando contamos histórias de fadas para crianças. Contos de fadas, como sabemos, têm poucas fadas, mas muitos ogros, feiticeiros e lobos maus, comendo vovozinhas e netinhas. Contos de fadas são quase tão assustadores quanto as histórias de fantasmas. Todavia, quando lemos um desses contos para uma criança, acontece de a própria criança nos surpreender, pedindo para contar de novo. "Mas você não sentiu medo?", perguntamos, para a criança responder: "Claro, mas esse medo é bom".

No espírito do medo bom é que me vem à lembrança o conto "Fantasma do século XX", de Joe Hill, que vem a ser filho de ninguém menos do que Stephen King. Stephen King, aliás, foi quem escreveu, num romance chamado *A metade sombria*, que os escritores cismam de convidar fantasmas para a casa da gente. O pior é que nós os deixamos entrar, porque poetas e escritores, junto com atores e artistas, são "os únicos médiuns totalmente aceitos na nossa sociedade".

De minha parte, creio que o senhor Stephen King foi um tanto quanto condescente com a sociedade. Tantas vezes, essa tal de sociedade rejeita seus artistas, atores, escritores e poetas — quando, por exemplo, queima seus livros em praça pública. Algumas vezes, a fogueira é acesa para queimar os próprios artistas, e na mesma praça. A ficção é bem-vinda até um certo ponto. Quando passa desse ponto, ela sofre graves acusações, como a de heresia, e seus autores são perseguidos e punidos, quiçá executados — para melhor esconder os verdadeiros crimes que se cometem contra a humanidade.

Mas voltemos a Joe Hill, que, no meu modesto juízo, escreve ainda melhor do que o pai. Seus contos e romances combinam o humor sombrio, típico desse gênero, com suavidade e ternura inusitadas. Esse conto em particular, "Fantasma do século XX", é uma bela fábula a resumir o século XX. O conto relata a história de um velho cinema assombrado, e de um garoto que se apaixona pelo fantasma de uma garota que vivia naquele cinema. Alec, o garoto, tinha quinze anos de idade, quando soube que o irmão Ray fora morto em combate no Pacífico Sul, na Segunda Guerra Mundial.

Corria o ano de 1945, e o menino se viu traumatizado ao perder a pessoa que mais amava no mundo.

Entretanto, naquela época, ninguém usava a palavra "trauma" para se referir a choques emocionais, reservando-a apenas para a reação às explosões das bombas atômicas de Hiroshima e Nagasaki. Estas bombas acabaram produzindo mais de duzentos e quarenta mil fantasmas, atormentando, de então até hoje, não apenas todo o Japão, como também todo o mundo.

Sem saber que tinha sido traumatizado, porém, o jovem Alec entrou sozinho no cinema para assistir a uma exibição de *Fantasia*, de Walt Disney. O filme, combinando música clássica com animação, deslumbrou-o a ponto de fazê-lo pensar que seria capaz de ficar ali, dentro do cinema, para sempre. Assim que pensou isso, porém, uma voz de menina sussurrou a seu lado: "Eu poderia ficar sentada aqui neste cinema para sempre".

Ele se assustou, quer porque achou que alguém lera o seu pensamento, quer porque tinha certeza de haver se sentado numa fila vazia. Ao virar a cabeça, descobriu uma moça linda, pouco mais velha do que ele, vestida de azul, sentada na poltrona ao lado. A moça, com voz de menina, continuou a sussurrar, deixando-o todo arrepiado: "Desculpe incomodar você, mas, quando eu fico empolgada com um filme, sinto vontade de falar, não consigo evitar".

O arrepio, porém, não derivava apenas da sensualidade da voz. A mão da jovem, encostada em seu braço, estava tão fria que lhe veio à mente a imagem do gelo polar. Havia ainda uma gota de sangue em seu lábio superior, debaixo da narina esquerda. Assustado, Alec retesou o corpo e se afastou um pouco dela. Nessa hora, uma mariposa branca pousou no rosto da moça, mas ela não deu mostras de ter reparado no inseto. Para apavorá-lo de vez, sangrando mais um pouco, ela disse: "Seu irmão Ray teria adorado este filme". Apavoradíssimo, o garoto pediu para que ela fosse embora, mas ela retrucou: "Alec, o seu lugar é aqui comigo".

O rapaz se levantou e tentou sair do cinema aos trancos e barrancos, tropeçando mais de uma vez. Ao lançar um último olhar, viu que a poltrona onde a garota estivera sentada estava vazia, com o assento erguido. Ele tentou correr para fora do cinema na hora em que a sala irrompia em vivas e aplausos: na tela grande, usando uma túnica vermelha comprida, aparecia o camundongo Mickey.

No saguão, ele esbarrou com o dono do cinema e lhe contou que "lá dentro tem uma menina morta!" Para sua surpresa, o homem não se surpreendeu, respondendo que "ela nunca veio à matinê antes". Foi quando Alec descobriu que a jovem se chamava Imogene Gilchrist e morrera seis anos antes, vítima de um derrame cerebral que ocorreu dentro do próprio cinema, assistindo à estreia de *O mágico de Oz*.

Quando mais velho, Alec comprou o cinema e o administrou, acompanhando vários outros espectadores que se depararam também com o fantasma de Imogene Gilchrist. Bem mais tarde, já um senhor idoso, vendeu o cinema para o cineasta Steven Greenberg — homenagem óbvia a Steven Spielberg. Steven reinaugurou o lugar com uma sessão dupla de *O mágico de Oz* e *Os pássaros*, de Alfred Hitchcock.

Convidado pelo novo dono, o senhor Alec assistiu à reinauguração, acompanhado por uma documentarista chamada Lois Weisel, que resolveu filmar as reações dos espectadores do final do século a O mágico de Oz. Sua câmera, com película sensível para tomadas no escuro, captou o senhor Alec sentado no fundo da sala, com um assento vazio a seu lado, comendo pipoca e extasiado com o filme. No final da projeção, no entanto, uma mulher vestida de azul surgiu do nada e se sentou naquele assento vazio. Nesse momento, preciso recorrer às palavras do conto de Joe Hill:

> Ele se inclina sobre ela. Ela vira o rosto em sua direção e fecha os olhos. Ela é muito jovem e está se entregando a ele por completo. Alec tira os óculos. Está segurando de leve a cintura dela. É assim que as pessoas sonham ser beijadas, um beijo de estrela de cinema. Olhar para eles quase nos faz torcer para esse instante não acabar nunca.

Quando as luzes se acenderam, várias pessoas rodeavam o corpo inerte do senhor Alec, afundado na poltrona. O beijo do fantasma de Imogene foi tão maravilhoso quanto letal. A sequência do documentário de Lois Weisel passaria a ser exibida incontáveis vezes no cinema e na televisão, estudada, de todos os ângulos, por diversos especialistas em fenômenos sobrenaturais.

O que o conto de Joe Hill nos diz é que alguns fantasmas do século xx saíram dos espelhos e passaram a frequentar as telas de cinema. Os personagens dos filmes não deixam de ser eles também fantasmas — no caso, fantasmas tanto do bem quanto do mal, porque replicam as pessoas reais como se fossem as suas sombras. Há muito que, nos romances, os personagens têm essa função, mas agora contam com imagens coloridas e efeitos especiais.

Nós outras, porém, que por acaso nos encontramos já no século XXI, aliás não sei nem como, voltamos a conversar sobre o caso do fantasma da mãe do senhor Pedro. Na sessão seguinte, ele se mostrava um homem diferente. Saltava à minha vista que ele tivesse chegado daquela vez sem jaqueta jeans, e também sem casaco de courino — portanto, sem suas duas caveiras bordadas. No lugar dos agasalhos, quem sabe porque naquele dia fizesse calor, ele vestia apenas a habitual camisa polo, de cor azul-claro, mas do tipo Lacoste, aquela com um jacarezinho verde no lado esquerdo do peito. Tive de me controlar para não comemorar a ausência das caveirinhas, pois ela talvez significasse que ele começava a poder olhar de frente para a morte — ou para a morte da mãe, ou para a sua própria condição mortal.

Por um ângulo, eu o via com a fisionomia cansada, o corpo de alguém que envelhecera muitos anos em poucos meses. Por outro ângulo, porém, eu me deparava com olhos brilhantes, focados, de alguém que, de repente, extraíra algum sentido do drama da sua vida. A mudança era nítida, tanto que lhe perguntei o que havia acontecido. Ele ia começar a contar os seus problemas, mas o interrompi, explicando melhor a pergunta: "O que aconteceu com o senhor, por que está diferente hoje?".

"Diferente, como?", ele perguntou de volta. "Um pouco mais determinado", retruquei, "um pouco menos perdido, talvez". Antes de explicar à senhora a explicação que ele me deu, lembro que, na sessão anterior, o fantasma da dona Amélia contava que sentia muita falta da família, porque eles não a visitavam. Ela então passou a perguntar dos filhos no plural — onde os filhos estavam, o que faziam, por que não a visitavam. Entretanto, eu não sabia de outros filhos, além do senhor Pedro. O fantasma da dona Amélia ainda balbuciou algo sobre o marido, perguntando onde ele estaria, e reclamado de um sonho muito ruim do qual ela não conseguia acordar — como se estivesse presa dentro desse sonho ruim. A seguir, recordo, ela se referiu aos nomes que lhe escapavam: o nome do filho, o nome dela mesma, e talvez o próprio nome de Deus.

O fantasma da mãe, assim, nos levava de volta a problema teológico milenar: qual é o nome de Deus? A questão se desdobra em três indagações, compondo a santíssima trindade da dúvida. Primeira: por que não podemos falar o nome de Deus? Segunda: por que não podemos saber o nome de Deus? Terceira: por que precisamos repetir sem parar — Deus, onde estás que não respondes?

Tentando acordar daquele sonho mortal, o fantasma da mãe perguntou o nome do filho, e terminou repetindo "marido", "casa", "marido", pedindo que a levassem de volta para o seu lar, com marido e tudo, sem o que ela continuaria a ser um mero fantasma de si mesma. A senhora observe que ela pedia, angustiada, que alguém a levasse de volta para casa, mas sentada na cozinha de sua própria casa.

Depois daquela fala entrecortada, o fantasma da mãe fixou os olhos no filho e pareceu reconhecê-lo. Esboçou um sorriso e levantou a mão direita, como que para tocar no seu rosto — mas a expressão do rosto dela se desmanchou em seguida, desaparecendo no ar, junto com todo o seu corpo de névoa.

O senhor Pedro, que por reflexo já começara a levantar a própria mão direita, tentou segurar o ombro da mãe enquanto ela se transformava em nada. Não teve sucesso. Inconformado, ele correu os demais cômodos da casa, procurando o fantasma da mãe em cada um deles, do quarto que ela ocupava até as dependências de empregada, não esquecendo dos espelhos dos banheiros e das portas dos armários embutidos.

Também não teve sucesso.

O fantasma não reapareceu.

Ao voltar para a cozinha, ele se deu conta de que estava não somente menos assustado, como talvez decepcionado com o desaparecimento repentino do fantasma da mãe. Ele queria continuar a conversar com o fantasma, se é que aquilo era uma conversa, e se é que alguém pode conversar com um fantasma. Ao relatar a decepção, o senhor Pedro se levantou e encerrou o nosso encontro, embora ainda tivéssemos alguns minutos. Ele saiu da minha sala e abriu a porta social sem que eu esboçasse qualquer movimento, espantada como estava com a história que ele desenrolara à minha frente.

Só nos resta voltar à minha pergunta, na sessão seguinte: "Por que está diferente hoje?". "Não sei...", ele respondeu, reticente, à minha pergunta. "Mas, estranho que pergunte isso", continuou. Comentou então que de fato, no íntimo, se sentia melhor, mas, ao mesmo tempo, se via, naquele dia, como uma pessoa... pior — completou, ainda reticente.

Levantei uma sobrancelha, interessada. "Pior, por quê?", perguntei, querendo escarafunchar mais. "Por-porque...", ele começou a responder, quando prorrompeu num choro convulsivo, as lágrimas escorrendo de repente, me pegando de surpresa. Comovida, me deu vontade de abraçá-lo e confortá-lo, mas me controlei: não seria muito profissional.

Vejo que a senhora também ficou mexida com o que contei. Terminamos a conversa passada quase que em lágrimas — pois voltamos a ser ameaçadas pelas lágrimas. Assim, a minha história vira um dramalhão piegas. Eu não disse que não era mesmo para eu ter sido escritora? Nem eu, nem meu idoso paciente. Ainda bem que escutei a mim mesma e me tornei apenas psicanalista de subúrbio.

Depois de vários minutos apenas soluçando, o senhor Pedro passou a falar devagar, os olhos mais brilhantes ainda — por causa das lágrimas, sim, mas não apenas por causa delas. "Eu me vejo como uma pessoa pior", ele explicou, "porque acho que, naquela cozinha, frente a um fantasma que não deveria estar sentado ali, me senti muito mal".

"No entanto, eu não estava assustado."
"Eu também não estava apavorado."
"Eu apenas..."
"... eu apenas me dei conta de como eu fui injusto com a minha mãe."

Naquele instante, a vida desfez o nó que parecia que nunca seria desfeito. O senhor Pedro Rocha fez uma descoberta crucial: de que, apenas perante "um fantasma que não deveria estar sentado ali", ele enfim enxergava a mãe como uma pessoa que havia sofrido muito.

Naquela hora, senti um arrepio no fundo da alma. Conseguir ver a mãe como uma pessoa que sofria implicava uma reviravolta psicológica dolorida. Não é que o filho tenha se transformado, naquele momento, numa pessoa maravilhosa, mas sim que ele, de repente, revelara a si mesmo todo o homem que ele poderia ter sido — mas não foi.

A revelação devia ser tão comovente quanto devastadora.

Sua voz chegou a se alterar quando ele disse, aos arrancos, mas, dessa vez, sem gaguejar. Que a mãe era uma pessoa inteligente e curiosa, mas esmagada pela falta de estudo e de possibilidades. Que a mãe era uma pessoa forte e intensa, mas enfraquecida por um casamento morno e restritivo. Que a mãe podia ter sido uma criança brilhante, sim, se não tivesse sido tão reprimida por um pai ignorante.

De minha parte, eu não esperava que ele chegasse tão longe. Tive de me segurar para não lhe falar da hipótese que eu havia formulado na minha cabeça: de que o pai de dona Amélia possa ter sido um pouco pior do que apenas um pai ignorante. Todavia, não me cabia jogar mais lenha na fogueira dos seus sentimentos. Nesses casos, o silêncio da psicanalista, na verdade de qualquer pessoa, é de ouro. Assim, fizemos ambos silêncio por um bom tempo.

No processo terapêutico, o tempo de silêncio é muito importante. Cabe à terapeuta cultivar a paciência e a habilidade capazes de criar o clima adequado, de modo a que o paciente elabore melhor suas questões. O problema é que eu estava com pouca paciência para esperar, ansiosa para saber se o fantasma voltara a aparecer, e como.

Pois o senhor Pedro não me decepcionou e me fez mais uma surpresa.

Ele contou que naquele dia mesmo, o da mãe sentada na bancada da cozinha, em pouco menos de duas horas ela voltou a se manifestar, mas de maneira indireta. "Como?", perguntei. Ele respirou fundo, abaixou a cabeça e disse: "O apartamento começou a chorar". "Como assim?", perguntei, em dúvida se ele falava de forma literal ou de forma figurada. Pois ele me explicou que o seu apartamento chorou sim, e no sentido literal do verbo.

Ele se encontrava na sala, sentado na poltrona mais velha, em frente à televisão desligada, tentando parar de pensar, quando escutou um barulho forte de chuva. Levantou-se para fechar a janela, mas, ao chegar lá, percebeu que não chovia. O céu estava limpo, sem nuvens, sem lua, portanto cheio de estrelas — pelo menos cheio daquelas estrelas que ainda podemos enxergar contra as luzes da cidade.

No entanto, o barulho da chuva forte continuava, cada vez mais intenso. Preocupado com o que estivesse acontecendo e se passara a também escutar coisas, o senhor Pedro percebeu que a parede onde o sofá de três lugares estava encostado começava a tremer. O tremor era muito leve, mas perceptível. Tirou os óculos, limpou as lentes, depois esfregou os olhos, pôs os óculos de novo no rosto — mas a parede continuava a tremer.

Aos poucos, no centro da parede, acima do sofá, duas bolhas começaram a se formar na pintura, à distância de poucos centímetros uma da outra. O barulho da chuva, que não chovia, parecia mais forte. O meu paciente olhava, hipnotizado, para a formação uniforme das bolhas, que pareciam pequenas esferas, mas não — na verdade, pareciam pequenos ovos saindo da parede.

Em poucos minutos, as bolhas ovoides se rasgaram de leve, na parte do meio e de baixo de cada uma delas. Dos pequenos rasgos, partiram dois esguichos de água, finos, sim, mas tão fortes, que o atingiram no meio das pernas, enquanto suas narinas eram invadidas pelo cheiro não de chuva recente, mas sim de sal — do sal da lágrima. Em pouco mais de um minuto, os esguichos enfraqueceram, como se a parede esvaziasse de tanta água — mas não se interromperam. Continuaram a escorrer pela parede, formando dois minúsculos fios de água, e, depois, duas minúsculas poças no piso da sala.

O senhor Pedro, as calças molhadas, tremia de frio, embora estivesse calor. Pensou se adiantava chamar o síndico, ou o porteiro, mas o que eles poderiam fazer? De mais a mais, talvez eles nem vissem o que ele estava vendo: as bolhas simétricas na parede, na altura dos olhos, escorrendo água salgada. Naquela parede, com certeza, não passava nenhum cano de água que pudesse estourar de repente, e nem estava chovendo para alagar a laje a ponto de provocar infiltração na sala do apartamento do 13º andar.

Como o barulho da chuva persistia, cambaleou até os outros cômodos para ver como estavam. Já na pequena saleta entre os quartos, porém, bem em frente ao pequeno oratório de santo Antônio, abriam-se as mesmas bolhas, no mesmo formato oval, pequenas, simétricas. Estas bolhas já haviam molhado o santo do oratório e, então, deixavam escorrer pela parede outros dois minúsculos fios de água salgada. No piso do corredor, já se haviam formado outras duas minúsculas poças d'água — ou de lágrimas.

Ao pensar em lágrimas, o senhor Pedro se deu conta de que as bolhas do corredor também se situavam à altura dos olhos, olhos que chorassem voltados para o oratório — olhos que implorassem por mais vida, por alguma vida, pelo menos por algum sentido na vida.

Os olhos, na parede, choravam. O apartamento? Chorava. Eu escutava aquela história e pensava, "é apenas uma alucinação", mas também pensava: "É uma alucinação muito bonita". Entretanto, ao mesmo tempo que eu pensava isso e especulava o que falar ou o que não falar, eu mesma queria começar a chorar.

No entanto, não chorei, nem naquele momento.

Minhas lágrimas ficaram presas aqui dentro.

No quarto que fora da mãe e que ele não ocupara, outras bolhas-olhos na parede também choravam, escorrendo fios constantes de água de cima da cama de casal em que ela dormira, vivera e adoecera. Nos demais quartos, outras tantas bolhas-olhos apareceram na parede e choravam por igual, por cima das camas ou dos sofás. Quando entrou no banheiro social, o filho de dona Amélia sentiu o coração subir à boca, pensou que fosse enfartar, porque — o espelho também chorava. O espelho chorava não por bolhas na parede, mas por pequenas rachaduras simétricas e abauladas no vidro, ambas na altura dos olhos. Delas escorriam dois finos fios d'água, caindo na louça da pia. Pequenas poças no piso indicavam que, das pequenas rachaduras no espelho, a água, a mesma água salgada, também saíra, no primeiro momento, aos esguichos.

E no banheiro da suíte da mãe? Novos fios de água escorriam de duas novas rachaduras no pequeno espelho, ambas pequenas, simétricas e abauladas, como se os olhos da mãe se tornassem onipresentes. O senhor Pedro ficou com medo de verificar também no espelho de corpo inteiro, aquele que ficava no lado de dentro da porta do armário embutido do quarto, mas nem foi preciso. Mesmo com aquela porta fechada, a água encharcando o carpete mostrava que o desespero do fantasma escorria também de dentro do armário.

Misturavam-se nele os sentimentos de dó da mãe, de culpa por tudo o que fizera e por tudo o que não fizera, e ainda de terror puro — se o fantasma poderia envolvê-lo e devorá-lo, por meio das paredes e dos espelhos do apartamento. Como o terror se sobrepôs aos demais sentimentos, não conseguiu se imaginar secando o piso e os carpetes da sala, do corredor e do quarto. Não se imaginava preso naquele apartamento nem mais um minuto. Ele precisava sair. Não podia passar aquela noite ali.

O senhor Pedro saiu pela porta dos fundos para pegar o elevador de serviço, mas sem se olhar no espelho. Passou pela portaria sem porteiro. Saiu para a rua bem mais vazia e caminhou na direção da avenida como se estivesse bêbado, andando em zigue-zague e tropeçando nas próprias pernas. Na avenida, viu poucos carros avançando os sinais de trânsito, sem diminuir a velocidade nem mesmo para observar se vinha algum outro veículo, ou se algum pedestre atravessava na faixa.

Nas calçadas, havia menos pessoas ainda, como se o perigo aumentasse a cada hora, digo, como se o perigo aumentasse a cada minuto. Todo indivíduo fugindo da luz amarela dos postes poderia esconder uma arma, pelo menos uma faca. Mendigos e viciados procuravam as marquises das lojas e dos edifícios, buscando espaço para estender seus cobertores rasgados, de jeito que protegessem os parcos bens com o corpo enquanto dormissem — enquanto sonhassem com chuveiros de água quente e suculentos pratos de macarrão com feijão.

    O senhor Pedro caminhava firme como se estivesse seguro da sua capacidade de se defender das sombras, o que estava longe de ser verdade. Nesse movimento imprudente, afastava-se do prédio em que morava e aproximava-se do edifício em que trabalhava, talvez porque seus pés frequentassem muito pouco quaisquer outros caminhos. Quanto mais andava, mais a luz da rua parecia mais amarela e cada vez mais fraca. Quanto mais andava, menos transeuntes ele encontrava — mas mais desabrigados famintos procuravam abrigo pelos cantos.

    Ao chegar perto d'O Edifício, no entanto, percebeu que, de repente, os poucos passantes deixaram de passar, enquanto os prováveis meliantes pareciam ter se recolhido às suas tocas, desaparecendo junto com os mendigos e os viciados. Parou na frente da portaria envidraçada do prédio em que trabalhava e se virou de um lado para o outro — mas seu olhar não encontrou nem viva alma, nem alma sem vida. Pensou que havia acabado de passar por uma mulher se deitando sobre um pano sujo no prédio ao lado, junto com um velho e estropiado carrinho de supermercado — mas, ao olhar de novo, só viu o carrinho estropiado, não viu mais a mulher. Levantando os olhos, da mesma forma não viu mais nenhum carro, nenhum táxi, nenhuma van e nenhum ônibus na rua — apenas os sinais de trânsito acesos se alternando, comportados, entre as cores verde, amarela e vermelha.

Assustado, o senhor Pedro retornou sobre os próprios passos, percebendo que debaixo das marquises dos edifícios não havia mais qualquer mendigo dormindo sob um cobertor rasgado, embora os cobertores, rasgados e amassados, ainda estivessem sobre as calçadas. Ele andou um pouco mais rápido, o coração acelerado — quando as luzes de todos os prédios se apagaram de repente, seguidas pelas lâmpadas dos sinais de trânsito. Permaneceram acesas as lâmpadas amarelas dos postes. Contudo, estas lâmpadas também começaram a enfraquecer, a diminuir a luminosidade por igual, deixando a noite, de lua nova, cada vez mais escura — escura como um pesadelo que se aproximasse por dentro da mente das pessoas.

"Mãe!...", pensou o nosso herói, quer pedindo socorro como uma criança, quer rezando para que a mãe não aparecesse no meio daquele breu. "Aqui não, nessa escuridão, não!" Suas orações, porém, não foram atendidas.

Ao se aproximar da esquina de um cruzamento, tentando se orientar no escuro, ele descortinou, com dificuldade, apertando os olhos, uma mulher encostada a um dos postes. A mulher era menos uma mulher do que um brilho fosco, de cor amarela como a cor das lâmpadas. A mulher parecia conversar com alguém que não estava lá, perguntando, num sussurro rouco: "Por que você nunca dedicou um livro pra mim?".

Ele mal distinguia suas formas, mas escutava seu sussurro com muita nitidez, como se ela estivesse falando ao pé do seu ouvido, quase dentro da sua prótese auditiva. Ele mal distinguia suas formas, mas sabia, com certeza, sem sombra de dúvida, pelo que ela falava, pela altura e pela postura, que se tratava, sim, do fantasma da sua mãe.

O senhor Pedro tentava se aproximar, mas ela se desfazia em névoa amarela. Entretanto, ele continuava escutando a voz de dona Amélia, daquela vez fazendo uma pergunta diferente: "Você não quer panqueca não, não é? Tudo bem, mas você não quer panqueca não, não é?". Atarantado, olhou em volta, sem saber nem de onde vinha aquela panqueca, nem de onde vinha a voz do fantasma da mãe. O fantasma reapareceu logo, com o mesmo brilho fosco e fraco, no poste da esquina em frente, na diagonal do cruzamento.

A panqueca, eu precisei lhe lembrar que vinha do sonho que ele me contara há algumas sessões. Esse sonho parecia retomar, trazendo de volta tanto a panqueca quanto a clássica ordem dobrada, quando alguém oferece a outrem isto ou aquilo, enquanto lhe recusa isto e aquilo, já que pergunta e responde, ao mesmo tempo: "Você não quer isto ou aquilo que estou te oferecendo, não é? Que pena".

O filho da dona Amélia atravessou em diagonal o cruzamento, não passava mesmo nem carro nem ônibus — mas, ao chegar lá, o fantasma já se desfizera em névoa. No seu lugar, porém, apareceu nos seus braços, do nada, um outro fantasma. Um fantasma de brinquedo. O fantasma do urso de pelúcia da sua infância, que lhe servira, ao mesmo tempo, de travesseiro, de consolo e de afeto. Ele estava agora de volta a seu colo — enevoado como todo fantasma, mas fofinho como todo urso de pelúcia. De alguma maneira, suas mãos sentiam a textura da pelúcia do urso.

Assim que a névoa se desfez e antes que o senhor Pedro pudesse se comover com a volta do velho amigo de pano, as luzes de todos os postes se apagaram de repente, sem qualquer ruído. Como os prédios já estavam sem luz e não se via lua no céu, a escuridão parecia absoluta. Amedrontado, ele deixou os olhos se acostumarem um pouco, para decidir se conseguia voltar para casa. Quando se acostumou com o escuro, no entanto, o medo se tornou pavor, o que o levou a se agarrar ao ursinho de pelúcia como se ele não fosse apenas o fantasma de um brinquedo.

À sua volta, caminhavam devagar dezenas — não, centenas de pessoas — formadas, ao que parecia, de névoa, vestindo roupas de diferentes décadas, talvez de diferentes séculos. Todas falavam muito baixo, mas apenas consigo mesmas. Essas pessoas eram outros tantos fantasmas, cercando o meu paciente enquanto se misturavam, uns passando por dentro dos outros e espalhando fiapos de nuvem.

Um deles, um homem negro distinto de sobrecasaca e chapéu alto, atravessou o corpo do senhor Pedro. Ele quase não se mexeu, mas sentiu um medo absurdo de também se desfazer em vapor. Ele levantava uma pena na mão direita e procurava um papel onde pudesse pousar a pena. Ele sussurrava e gaguejava: "Nã-não ti-tive filhos, nã-não transmiti a ne-nenhuma criatura o le-legado da-da nossa mi-miséria".

À volta, mulheres. Senhoras. Meninas. Todas, fantasmas. Também soldados feridos, pernas ou braços amputados, que faziam discursos mais longos, voltados para o vazio. Gente, ou melhor, não gente de toda cor, de todo sexo, de toda altura, o cercava ou o atravessava, arrancando-lhe longos arrepios trêmulos. Padres, pastores, rabinos, ora passavam por ele, ora por dentro dele, mostrando expressões mais angustiadas do que os demais — como se ainda procurassem Deus e não o encontrassem, nem o vislumbrassem em nenhum recanto da escuridão.

Atrás dos ilustres religiosos, começaram a aparecer outros tantos fantasmas de pessoas negras. Muitos escravos machucados e alguns capitães do mato com cicatrizes horrendas no rosto. Outras tantas mulheres, com as costas rasgadas pelo açoite do filho sádico do senhor do engenho — no colo, crianças mestiças, filhas do mesmo filho sádico do senhor, ou, talvez, do próprio senhor.

Vários desses fantasmas portavam os instrumentos de contenção e tortura da época em que viveram, como correntes, máscaras de flandres e coleiras de ferro. Sucediam-nos os fantasmas dos negros de outras décadas, mostrando depois da morte a tortura que haviam sofrido nas fazendas, nas delegacias, nos subterrâneos de esgoto dos diferentes desgovernos.

Crianças em grupo, todas de uniforme escolar feito de névoa azul, talvez todas vítimas de um acidente com o ônibus que as levasse de volta para casa, seguravam, atrapalhadas, suas cartilhas, seus livros e suas lancheiras. Elas procuravam, desamparadas, o professor, "o professor, onde está o professor?".

O professor também estava morto, ao que parece. No meio da escuridão tão escura, apenas pelo pálido brilho amarelo dos espectros, o senhor Pedro julgou vislumbrar, na calçada do outro lado, um professor procurando os alunos, procurando as suas crianças — um professor triste porque não podia mais dar aula, porque sequer soube que a sua última aula havia sido, de fato, a última aula.

"Como o senhor soube que ele era o professor das crianças, ou que ele era pelo menos um professor?", perguntei. A resposta que ele me deu primeiro me arrepiou e, depois, me espantou: ele me disse que reconheceu o professor porque o professor era ele.

"Mas o senhor nunca foi professor", eu retruquei.

"Mas, e se eu quisesse ter sido?", ele perguntou de volta, com lágrimas nos olhos. Nosso diálogo seria apenas nonsense, a falta de lógica comprovando a perturbação mental do filho da dona Amélia, isto é, do filho do fantasma, se ele não tivesse falado que o professor era ele com aquelas lágrimas nos olhos, com aquela expressão amargurada, com a expressão de quem falhou com os seus alunos, ocupado apenas em seguir as regras, e não em provocar dúvidas.

"Mas, por que dúvidas?", perguntei.

"Porque as pessoas não merecem a nossa fé", ele respondeu.

Porque a realidade não merece a nossa fé.

Se eu já fui professora? Não, mas acho que queria ter sido. As palestras que fiz sobre psicanálise me fascinaram muito, até porque extrapolaram o clima intimista de uma sessão terapêutica para a cena coletiva de uma conferência, fazendo com que eu me sentisse sobre um palco de teatro. Numa palestra e numa aula, a gente não fala para uma só pessoa — nós falamos para todas as pessoas, nós falamos como se falássemos para toda a humanidade.

Mas, por que estamos falando sobre a minha suposta vida como professora num universo paralelo qualquer?

Voltemos à cidade dos fantasmas. Eles continuam se deixando ver — a ponto de, na esquina seguinte, se poder enxergar uma verdadeira marcha compacta de fantasmas, agora centenas, não, milhares de fantasmas carregando faixas e cartazes igualmente fantasmagóricos. Estes fantasmas marcham, lenços verde-amarelos nas cabeças, enquanto sussurram, como se gritassem, palavras de ordem do tipo "a família que reza unida permanece unida". A faixa maior, à frente, escrita num pano branco, anunciava em maiúsculas a "marcha da família com Deus pela... pela..."

Pela... o quê?

Me desculpa, engasguei. É difícil dizer a palavra que nega a si mesma.

Enfim: pela "liberdade", mas entre aspas. Aquela liberdade específica não passava da liberdade de tirar a liberdade dos outros. Depois daquela faixa seguiam-se pequenos cartazes, erguidos e abaixados como galhardetes, bradando "vermelho bom, só o batom", "verde e amarelo, sem foice nem martelo", "queremos governo cristão" — e outros no mesmo estilo.

Na esquina, olhando de longe para a passeata espectral, mais assustada ainda do que o filho, destacava-se o fantasma da sua mãe, sem entender por que tanta agressividade em nome da liberdade, da democracia, ou pior — em nome de Jesus.

"Por que... eu estou tremendo agora?"

"Porque... naquela hora... quando eu ouvia tudo sobre aquela marcha de fantasmas... eu também tremi."

Se até ali os fantasmas não me assustavam tanto, quer porque os supunha alucinações do meu paciente, quer porque os sentia como ficções divertidas, aqueles fantasmas em marcha por Deus e pela família me trouxeram de volta todo o terror de pouco mais de cinquenta anos atrás. Junto com o meu paciente, eu parecia ver os fantasmas do nosso passado de exploração, de escravidão, de humilhação — os fantasmas do nosso passado de ignorância, de violência, de estupidez.

Por que logo esses fantasmas têm que reaparecer nessa minha história?

Por que esses fantasmas têm que reaparecer assim nesse meu país?

É assustador perceber como o recalcado sempre retorna do abismo em que o enterramos — ou como doença, ou como tragédia, ou como fantasma. O recalcado sai do esgoto para assombrar tanto os vivos quanto os mortos, tanto os loucos quanto aqueles que enlouquecem os outros.

Paralisado na calçada e no escuro, o senhor Pedro ficou vendo a marcha dos fantasmas com Deus pela família e pela liberdade passar através dele — como névoas de gente, como gente de névoa. Quando o dia começou a clarear, os fantasmas se desfizeram e desapareceram. As pessoas-pessoas voltavam a ocupar as calçadas, assim como carros, vans e ônibus tomavam de volta, devagar, o asfalto das ruas e das avenidas.

O filho assustado da dona Amélia caminhou de volta para casa, esgueirando-se pelas paredes e pelas portarias, de modo a ficar o mais longe possível das crianças-de-verdade indo para a escola com seus uniformes azuis-mesmo, ao lado das suas mães angustiadas com a dificuldade de serem mães. Enquanto caminhava, ele fingia que continuava segurando no braço esquerdo o fantasma do urso de pelúcia da sua infância, embora soubesse que ele se desvanecera junto com os demais fantasmas.

Ao passar pela portaria do seu prédio, percebeu que um jovem casal já esperava para tomar o elevador social. Frente aos olhares que estranhavam seus braços segurando o nada, na verdade um nada de pelúcia, ele apressou o passo para as escadas e começou a subir os duzentos e noventa e nove degraus dos treze andares, o que fez arfando e bufando, com medo de sofrer um enfarte fulminante no meio do caminho e morrer — ou pior, se transformar ele mesmo em fantasma.

Ao abrir a porta do apartamento, ofegante, lembrou-se dos olhos que choravam, nas paredes e nos espelhos, criando poças de lágrimas. Os pisos da sala, do corredor, do quarto e dos banheiros, porém, estavam secos, como se nada tivesse acontecido. No entanto, as bolhas duplas na pintura das paredes, em formato de olhos, bem como as rachaduras simétricas nos espelhos, todas continuavam lá, atestando que ele não havia delirado.

Eu não visitei o apartamento para comprovar com meus próprios olhos que ele não havia delirado, ou pelo menos que nem tudo era um delírio. Como já expliquei para a senhora, não me importa saber se isto ou aquilo é verdade ou não, porque atribuo todo o valor à palavra do paciente. Para todos os efeitos da minha relação com o senhor Pedro, os fatos, os relatos, os sonhos, os delírios, as ilusões, enfim, tudo tem o mesmo peso e a mesma importância. Essa é uma condição da terapia, mas talvez devesse ser uma condição de todo relacionamento. Não sei se isso é possível, mas

é a ideia que orienta e regula a minha prática. O que sei, por razões que lhe contarei na próxima sessão, é que tudo o que ele me contou aconteceu como ele me contou.
"Sim."
"O fantasma da mãe existe."
"Todos os demais fantasmas?"
"Também."

Capítulo 7

Meu nome é Iracema, tudo bem com a senhora? Assim começamos a nossa conversa algumas semanas atrás — ou talvez há vários meses, quem sabe, alguns anos. Para nós outras, o tempo se move de maneira deveras indisciplinada.

Naquela ocasião, eu lhe dizia que não precisava me dizer o seu nome, porque compreendia que a senhora era uma pessoa discreta. Por isso, enquanto lhe contava a história do fantasma da mãe, com direito a risos, sorrisos, lágrimas, sustos, espantos e reviravoltas, a chamava apenas de "a senhora".

"Hoje, entretanto, dia em que, tudo indica, temos o nosso último encontro, eu gostaria de lhe perguntar o seu nome."
"..."
"Por favor... como a senhora se chama?"
"... ..."
Calma. Entendo que não se lembre do próprio nome, não se assuste. Passei pela mesma dificuldade. Esquecimentos

graves, como este, podem acontecer como efeito colateral de traumas tão sérios como aquele pelo qual a senhora passou. A associação do trauma a determinadas doenças ainda ajuda a ampliar o efeito colateral do esquecimento. Peço desculpas pelo constrangimento que a faço passar, mas é importante que tome consciência do problema para começar a enfrentá-lo.

É verdade, enfrentar é diferente de superar. Reconheço que superar esse tipo de problema não é bem o caso, porque seria impossível. Na relação terapêutica, não superamos nem resolvemos os problemas, apenas tentamos conviver com eles. Verdade seja dita, nossos problemas nos definem. Em outras palavras, nós somos os nossos problemas. Não podemos nem devemos curá-los ou extirpá-los, sob pena de nos mutilarmos.

A senhora não... não passou por nenhum trauma?

A senhora tem... certeza?

Então me diga, por favor, o seu nome.

Ah. Não lembra.

E nome dos pais, recorda-se deles?

O nome da sua irmã?

Sim, a senhora tem, digo, a senhora tinha uma irmã mais velha. Me diga, quantos filhos a senhora teve?

Quatro? Não, dois?

Um filho único? Filho ou filha?

Filha?

Tem certeza? Qual seria o nome da sua filha?

Catarina! Bonito.

O nome é bonito, sem dúvida, mas a pessoa com esse nome, e que ainda por cima fosse sua filha, nunca existiu.

A senhora nunca teve uma menina, embora a desejasse muito, talvez mais do que qualquer coisa.

Como sei tudo isso? Na minha profissão, eu preciso saber não apenas o que a pessoa sabe, mas me esconde por essa ou aquela razão, mas ainda o que a pessoa não sabe que sabe, porque esconde de si mesma. Não se trata de mágica, mas de treino. Treino de observação e treino de especulação, quando completamos o que não conseguimos observar com suposições e deduções, que servem para preencher as lacunas e as falhas. As falhas e os falhos, quer dizer, os atos falhos, são fundamentais nesses casos. No seu caso em particular, no entanto, precisei recorrer às minhas próprias experiências de vida, além da psicanálise.

A senhora não sabe o seu nome, ou melhor, esqueceu qual é o seu nome. Na verdade, a senhora não sabe nem mesmo quem é, embora lhe seja muito difícil, quase impossível, chegar a essa conclusão por conta própria. As pessoas, ainda que esqueçam tudo, por causa da idade, de alguma demência, como a doença de Alzheimer, ainda guardam a sensação íntima de que são uma pessoa única, um indivíduo indivisível e diferente de qualquer outro — apesar da palavra "identidade" significar também aquilo que é idêntico a outra coisa ou a um modelo.

As pessoas, mesmo muito doentes, ainda guardam a sensação íntima de que sabem quem são, embora não saibam — como se elas soubessem quem são, claro, como não, mas só até o momento em que alguém lhes pergunte "quem é você?", ou até o momento em que alguém lhes pergunte apenas "qual é o seu nome?", como estou fazendo com a senhora. Nesse instante, um abismo se abre na nossa frente, não é mesmo? E não se apavore, nem se preocupe, eu não deixarei que a senhora despenque nesse buraco. Juntas, nós vamos sair da beira do abismo.

Bem pensado. A dona Amélia passou por isso, quando sofreu de demência progressiva por causa de uma cirrose hepática. Ela sentia que sabia quem era, ao mesmo tempo que não conseguia mais reconhecer os amigos, os parentes, nem mesmo o filho. Angustiada, fazia um esforço descomunal para disfarçar sua dificuldade.

Dona Amélia fez esforço equivalente a este por toda a sua vida, tentando disfarçar, se possível esconder, até mesmo enterrar em algum lugar da mente, para que ela mesma esquecesse — a origem pobre, a falta de educação formal, a insegurança social e o ressentimento com o pai. Esse ressentimento se associou ao medo que ela sempre sentira, não apenas desse pai, mas de todos os homens, o que inclui tanto o bom marido quanto o filho supostamente rebelde — mas, na verdade, submisso.

Mesmo não reconhecendo mais o filho, mesmo não conseguindo articular mais nenhuma palavra com a sua própria boca, quanto mais responder, se lhe perguntassem, qual era o seu nome, dona Amélia continuava sendo dona Amélia. Dona Amélia continuava sendo a mulher que dedicou toda sua vida a fingir ser uma pessoa que não era e que não queria ser. Ora, qualquer semelhança comigo mesma, ou com qualquer ser humano desse planeta, vivo ou morto, não é mera coincidência.

Sim, eu afirmo que *não* é mera coincidência, se todos passamos a vida, de um jeito ou de outro, a procurar uma outra vida, ou a fingir que temos uma outra vida que não essa — essa mesma que nos deixa sempre à beira daquele abismo infernal. Parece que todas nós passamos a vida sem saber se estamos dormindo ou acordadas, sem saber se estamos sonhando ou já dentro do sonho de outrem, sem saber quem somos ou o que somos — sem saber se ainda estamos vivas ou se já estamos mortas, enfim.

Muito bom. A senhora se lembrou daquela antiga ideia de que lhe falei: de que o sono humano poderia ser uma preparação para a morte, ou, quem sabe, até mesmo uma espécie de pré-morte que se repete por toda a vida até o sono definitivo. Até o sono eterno no colo de um deus que também não sabe quem é, que também não sabe se sonha ou se é ele mesmo um sonho, um delírio, quem sabe um pesadelo da humanidade.

No sonho desse sono eterno, num segundo estamos no quintal da casa da vovó no subúrbio — mas, no segundo seguinte, nos encontramos na sala de aula da faculdade. Logo depois, sem transição, sem explicação, já estamos com o nosso marido no seu leito de morte, conversando com ele como se ele ainda pudesse nos ouvir — mas ele não pode ouvir mais ninguém, porque lá atrás ele estava em coma induzido, e porque agora, no momento mesmo do sonho, ele já morreu há muitos e muitos anos.

Não se preocupe. Eu a ajudo a se lembrar do seu nome, a se lembrar de quem é. Vamos tentar o exercício do espelho, aquele de que lhe falei no outro dia.

Por favor, posicione-se na frente do espelho da minha sala, este mesmo espelho grande, com moldura rococó, que a senhora vê desde o nosso primeiro encontro.

Como? Não consegue se pôr na frente desse espelho?

Entendi. A senhora vê e não vê, ao mesmo tempo, o meu espelho grande. É como se visse... um outro espelho, refletindo aquele? Ou seja, a senhora vê um espelho na frente do outro? Interessante. Na verdade, emocionante. Porque um espelho na frente do outro produz, e nos dois espelhos, múltiplas imagens, como se elas se desdobrassem ao infinito. Um espelho na frente do outro parece que cria dois infinitos — como se, quando posicionamos um espelho na frente do outro, corrigíssemos a distorção da realidade que os espelhos articulam.

Já lhe disse que os espelhos não apenas invertem a imagem, esquerda vira direita e direita vira esquerda, como também a diminuem? Digo agora: no espelho, nosso rosto só fica do tamanho real se o pressionarmos por inteiro sobre a superfície do vidro. À distância em que nos olhamos no espelho, nosso rosto se mostra, no máximo, na metade do tamanho verdadeiro.

A senhora nunca percebeu isso? A maioria das pessoas também nunca percebeu. Não percebeu, porque ninguém quer se ver menor do que acha que é. Nosso próprio narcisismo orienta a nossa mente a corrigir a imagem espelhada, vendo-a como se fosse do mesmo tamanho da coisa que ela espelha.

A "coisa" é a gente, pois é! Ora, quando os espelhos se refletem, maior e menor se tornam conceitos relativos, porque as imagens infinitas parecem, ao mesmo tempo, imensas e minúsculas. Quando os espelhos se espelham, a realidade se mostra múltipla e infinita. Um espelho na frente do outro revela que a vida está dentro da morte, assim como a morte está dentro da vida. Nossa vida é sempre várias vidas, uma dentro da outra, ao infinito. Não somos uma. Nunca somos uma. Somos sempre várias, muitas, múltiplas. Nossa morte também é sempre várias mortes, uma dentro da outra, ao infinito. É isto que os sonhos nos mostram desde sempre, tanto na vida quanto na morte.

Minha senhora, minha amiga: eu posso saber tudo isso, porque eu já estive dentro desse mesmo espelho em que a senhora se encontra. Sim, a senhora está dentro, e não em frente, do meu espelho rococó. E não, esse espelho não é uma metáfora, assim como o fantasma da mãe não era uma metáfora.

Trata-se de um espelho mesmo, até bem antigo. Lembro-me de que o comprei em um antiquário, há muitos anos. Quando estamos dentro de um espelho, não conseguimos percebê-lo, achando que vemos apenas a realidade. Todavia, nós enxergamos um pálido vislumbre da realidade quando, de dentro do espelho conseguimos ver um outro espelho que nos mostra que sim, nós estávamos dentro de um espelho e não sabíamos.

Entretanto, só enxergamos a realidade quando conseguimos dar um passo para a frente e saímos do espelho. Nesse momento preciso, quando de fora vemos os dois espelhos um em frente ao outro, e, portanto, os dois universos, se quisermos, o universo da vida e o universo da morte — é que temos a realidade na concha da nossa mão.

A senhora ainda se encontra dentro do espelho?
Sim.
Mas a um passo de sair, a apenas um passo.

Deixe-me ajudá-la, por favor. Veja. Quando falei do pai no leito de morte, a senhora se lembrou, eu percebo... de quem? Do seu marido? Então, a senhora é casada, ou melhor, foi casada? Lembra o nome do seu marido?

Não se assuste. Não se assuste, por favor. A idade faz essas coisas com a gente, e aquilo pelo que a senhora passou ainda faz essas coisas em dobro. A senhora vai se lembrar. Calma.

Enquanto isso, pense que o que acontece nos sonhos que sonhamos, nas noites entre os dias em que estamos vivos, pode também acontecer, de maneira muito parecida, depois da nossa morte, quando "viveríamos" um sonho eterno, que ora é sonho, ora é pesadelo. Este ora sonho, ora pesadelo, sempre parece real e nunca parece fazer qualquer sentido, porque transitamos entre a velhice, a maturidade, a adolescência e a infância. Semelhante trânsito é intenso e não se dá nesta ordem exata, mas de modo aleatório, cruzando ruas e frases que sabemos onde começam e que não enxergamos onde podem acabar.

"Seja como for: se eu falei do pai à beira da morte e a senhora se lembrou de um marido, isso talvez signifique que a senhora teria, quem sabe... um filho?"

"..."

"Sim? Pela sua expressão, parece que sim, a senhora se lembrou de que tem um filho, embora mostre que também sente um pouco de... medo, certo?"

"Por quê?"

"...!"

"Porque o seu filho, sim, a senhora tem um filho, e ele se chama... Pedro?..."

"...!..."
"Calma."
"Não chore."

Sim, a senhora não está chorando, apesar da vontade de chorar que seu rosto mostra. Suponho que nenhuma de nós consegue chorar de verdade, apenas sentimos uma vontade terrível de chorar. Eu disse antes que não era uma pessoa "comovível", porque não choro, não quero chorar, não posso chorar?

Não é verdade. Eu sou uma pessoa emotiva e "comovível", como a senhora mesma já deve ter concluído. Eu estava apenas tentando disfarçar a nossa incapacidade de chorar. Nosso rosto mostra o desespero de quem quer e vai chorar muito, mas, na nossa condição, não conseguimos verter uma mísera lágrima — porque já somos vapor e névoa.

Mas se acalme e, depois, se alegre. Alegre-se tanto, que até pode comemorar — que nós podemos comemorar juntas. Minha amiga, a senhora acaba de dar o passo que faltava. A senhora acaba de sair do espelho.

A senhora agora pode ver os dois espelhos de que lhe falava: o meu espelho antigo e o outro grande espelho que arrumei nem me lembro onde, deve ter sido barato, para pôr na frente daquele. A senhora, na verdade, estava dentro do meu espelhão, com moldura rococó e tudo.

Um dia, ou uma noite, quem sabe, eu também saí daí de dentro. É o primeiro lugar para onde a gente vai quando parte daquela para esta, ou seja, daquela vida para esta, supostamente melhor. E que não é tão melhor assim, mas que também não é tão ruim assim, se não deixa de ser uma espécie de continuação: dona Amélia, parte II, e doutora Iracema, parte II.

Sim.

Eu também.

Eu também estou morta.

Morri cerca de vinte anos atrás.

Logo, eu também sou um fantasma, ou melhor: uma fantasma.

A senhora?

A senhora também está morta, claro. Somos ambas fantasmas — mas fantasminhas camaradas, lembra do querido Gasparzinho? Não importa. Gasparzinho era um desenho antigo da televisão, que eu adorava.

A senhora morreu há menos tempo, acho que há uns nove anos. O seu nome de batismo, como já lembrou, é dona Amélia — ou melhor, Amélia. O "dona" se colou a seu nome mais tarde, quando casou e se tornou mãe do Pedrinho.

Eu sou mais velha de idade, porque nasci antes da senhora, bem no início do século xx, e também sou mais velha de morte, se me entende. Morri com 89 anos, enquanto a senhora morreu um pouco mais nova, com 82, como Fred Astaire quando fez aquele filme.

A gente até que viveu bastante!

Como disse a escritora a que me referi lá atrás, a velhice é um privilégio. Num outro sentido, a morte, assim como a vida, também é um privilégio. A senhora, que já foi a mãe do jovem Pedro, é hoje o fantasma da mãe do senhor Pedro.

Diferente de nós outras, o seu filho está vivo, fique tranquila. É um senhor idoso cheio de achaques, de ânsias, de "cá de baixo", como diria o poeta — mas vivo.

Eu diria mais: o senhor Pedro não apenas está vivo, como quer muito, muito, muito — lhe pedir desculpas. Ele deseja lhe pedir perdão pelo rancor que alimentou por tanto tempo, mas não sabe como. Creio até que seria capaz, se tivesse algum talento, o que não é o caso, de escrever um livro não apenas para enfim dedicar o volume à memória da senhora, como ainda para lhe pedir: perdão.

E quem sou eu?

Bem, eu sou aquela que a trouxe de volta para dentro do meu espelho, para podermos conversar. Sou, ou fui psicanalista, sim, mas não tratei do seu filho, a quem me refiro como "o senhor Pedro", ou "o senhor Rocha", ou "o senhor Pedro Rocha", insistindo sempre no "senhor". Sabe, eu menti o tempo todo — ou melhor: por todo o tempo, eu me diverti bastante, adoro recriar a realidade.

Como uma escritora?

Não exatamente. Talvez, mais como uma narradora não confiável, aquela que os nossos coleguinhas do Norte chamam de *unreliable narrator*. Eu sou uma isso aí, não é chique?

Todavia, não reivindico qualquer originalidade. Muito antes de eu resolver, com toda a minha fantasmice, contar a história do senhor Pedro e da sua querida mamãe, aquele mestre da ironia criou um narrador do tipo fantasma.

Esse fantasma se chamava Brás Cubas. Brás Cubas se apresentava como um "defunto-autor" que escreveu a sua autobiografia, mas apenas depois de morrer, e não antes. A dedicatória da autobiografia *post mortem* não poderia ser mais mórbida e, ao mesmo tempo, mais divertida: "Ao verme que primeiro roeu as frias carnes do meu cadáver, dedico, como saudosa lembrança, estas memórias póstumas".

Já eu, não escrevi minha própria biografia, aliás, não escrevi nada — apenas lhe contei uma história. Se tivesse escrito, não faria dedicatória tão divertida. O livro que não escrevi seria dedicado à minha mãe, sim, uma imigrante italiana que foi babá da filha de um coronel, mas também ao meu pai, filho e neto de escravos, portanto filho e neto de homens e mulheres torturados por toda a sua vida.

Minha vida até daria um bom romance, mas eu não o escreveria. Agradou-me bem mais contar, para a senhora, a sua história, fingindo que era a história do senhor Pedro. Porque, repare: no fundo, deixei que a senhora confiasse em mim, depois provei que a senhora não podia confiar em mim, e agora demonstro que a senhora pode confiar inteiramente nesta não pessoa, nesta fantasma que vos fala. Quer dizer, eu a enganei para desenganá-la, ou seja, para libertá-la dos enganos e engodos dos dois espelhos, um de frente para o outro, assim como a vida está sempre de frente para a morte — e vice-versa, claro.

Desde o nosso primeiro encontro, eu estava tratando era mesmo da senhora, através da narrativa da vida do seu filho, que acompanhei de perto e de longe ao mesmo tempo, digamos assim, graças a certos poderes que a nossa condição faculta, se aprendermos a usá-los. Estes mesmos poderes me permitiram reconstruir o meu consultório no meio dessa névoa toda, descendo a detalhes como o espelho de moldura rococó e a caveirinha de estimação em cima da mesa — que, aliás, combinou com as caveirinhas das jaquetas do senhor Rocha, não combinou?

Verdade seja dita, quando eu era viva, nunca tive caveira em cima da mesa, muito menos caveira de estimação.

Dei um jeito, não me pergunte como, de roubar esse crânio de uma tumba no cemitério da cidade.

Tumba de quem? Sua? De repente acha que a caveira é a sua caveira?

Não, nada disso. Eu nunca seria tão mórbida, nem faria uma piada dessas, porque ela seria de mau gosto. Eu não me referi sempre à caveira como minha? Pois então. Trata-se da minha caveira, ou seja, do meu próprio crânio, tirado da minha tumba — claro, de quem poderia ser? Observando a minha própria caveira, imagino que a senhora não consiga perceber como eu era bonita — nem que eu era mulher, talvez, muito menos que eu fosse uma mulher negra.

A minha caveira tem cor de osso, ou seja, a mesma cor de todas as caveiras do mundo, em todos os tempos. Para a senhora confirmar como a vaidade é vã, já diziam os poetas latinos séculos e séculos atrás, e como o racismo é estúpido!, exclamo eu mesma, e para fechar de vez essa questão.

Mas voltemos ao seu tratamento, que eu fingia que era o tratamento do seu filho. Contando a história da vida do senhor Pedro, eu tentava acalmar e arrumar aos poucos a sua confusão natural, depois da sua doença, isto, da sua demência hepática, a que se seguiu o seu falecimento, para que a senhora mesma pudesse, pouco a pouco, reconhecer a sua condição de morta e, se possível, aceitá-la. A morte não é tão ruim quanto nos parecia em vida, porque continuamos vivas de outro modo, isto é — continuamos vivas nesse modo de sonho.

Por que fiz isso?

Porque, apesar de eu estar morta como a senhora, eu me sinto viva — e minha vida sempre se definiu por entender os outros, primeiro, para depois aceitá-los como são e, então, tentar ajudá-los a se aceitarem também. Eu a via perdida e angustiada, sem saber quem era, de onde veio ou o que fazia aqui no éter, ou que outro nome tenha este não lugar em que sobre-vivemos, quer dizer, em que vivemos-sobre-a-vida-dos-outros, pelo menos enquanto eles se lembram de nós.

Por isso, dona Amélia, me aproximei da senhora. Eu me aproximei da senhora, porque me dedico desde sempre a procurar amor onde todos os outros só veem rancor.

Parece piegas?

É piegas mesmo.

Sempre criticaram a minha pieguice, até que eu entendi que essa sou eu: doutora Iracema Piegas da Silva.

O quê, eu falei que nunca fui piegas?

É verdade, falei sim. Menti. Os brutos também amam, os fantasmas também mentem. Ou: recriam a tal da realidade.

Seja como for: agora, eu preciso ser bastante enfática quanto à importância e ao valor da pieguice — ao menos, da minha própria pieguice. Como dizia, me dedico desde sempre a procurar amor onde todos os outros só veem rancor, apesar e a despeito do meu próprio rancor.

Deus?

Agora a senhora quer se aproveitar da minha pieguice. Feliz ou infelizmente, ela não chega a tanto. Não, não vi Deus, nem quando viva, nem quando morta — nem lá, nem cá.

Verdade seja dita, eu ficaria um tanto quanto frustrada se Deus de fato existisse e, ainda por cima, fosse humano,

macho, branco e velho, como costumam representá-lo. Essas possibilidades, para mim, nunca fizeram muito sentido.
Admito até a possibilidade de deuses, no plural, mas confesso que ainda não vi nenhum deles por aqui.
Sim, podemos dizer que "aqui" é o Céu — ou alguma coisa parecida.
Se o Deus, no singular, existisse, ou não seria humano, ou seria andrógino, ou seria outro gênero que nem conhecemos — ou, então, seria mulher.
Quem cria a vida e é responsável por cuidar dela no começo e, no caso humano, por tantos anos?
A mulher.
Diga-se de passagem, como quem não quer nada, que, na maioria das religiões pré-judaico-cristãs, quem cria a luz, o tempo e tudo o que existe é sempre uma deusa, não um deus. Um deus-homem, e ainda por cima branco, e ainda por cima idoso como o senhor Pedro, não saberia fazer um pão doce, quanto mais o mundo — quanto mais quintilhões de mundos.
Deixando Deus de lado, onde quer que Ele não esteja, lhe peço que perdoe o seu filho. Ele não vai saber que a senhora o perdoou, mas talvez o seu coração o sinta. Por favor, perdoe o seu filho, porque — o seu rancor é dor, e sua dor é amor.
Tudo torto, sei, mas quem não é?
Trata-se de amor pela senhora, sim, de amor do senhor Pedro por sua mãe, sim. Até porque ele acabou entendendo que a dificuldade de amar da sua mãe, ou seja, da senhora, também era dor, e que a sua dor ainda e já era amor.
Amor incondicional pelo seu marido, apesar de todas as reclamações, ou por causa de todas as reclamações.

Amor incondicional, incondicionalíssimo!, pelo seu filho, apesar do rancor dele, apesar de enredá-lo nos joguinhos contra-afetivos em que a senhora mesma foi enredada e aprisionada desde menina.

Um anjo?

Não, não sou um anjo.

Se eu fosse um anjo, seria um anjo negro, o que de fato ficaria engraçado. Todavia, me faltam as asas, que deveriam ser igualmente negras — tal e qual as belíssimas asas da graúna.

O autor agradece a Bruno Deusdará, Denise Schittine, Gisele de Carvalho, Jason Carreiro, Lívia Jacob, Poliana Arantes e Stella Amadei, pelas leituras com que o contemplaram.

REFERÊNCIAS INCIDENTAIS:

Página 19:
"Ai que saudade da Amélia", de Ataulfo Alves e Mário Lago. Ataulfo Alves e Sua Academia de Samba. Odeon, 1942.

Página 92:
"Sonata", conto de Érico Veríssimo. In: *Contos*. Porto Alegre: Editora Globo, 1980.

Página 100:
"Porto", conto de Marina Colasanti. In: *Hora de alimentar serpentes*. São Paulo, Global, 2013.

Página 113:
Albert Camus. *O estrangeiro*. Tradução de Valerie Rumjaneck. São Paulo: Círculo do Livro, 1982.

Página 148:
"Fantasma do século XX", conto de Joe Hill. In: *Fantasmas do século XX*. Tradução de Fernanda Abreu. Rio de Janeiro: Sextante, 2008.

ESTE LIVRO, COMPOSTO NA FONTE FAIRFIELD,
FOI IMPRESSO EM PAPEL POLÉN SOFT 70G/M² NA ALTER GRÁFIKA,
RIO DE JANEIRO, MARÇO DE 2020.